調子に乗ってるオタサーレイヤーの姫を教師で騙してハメ撮りしてみた。

ミナミ
画：てるていじ
原作：ぱちぱちそふと黒

PB オトナ文庫

漫画研究部の一年女子。やる気のない部で毎日一人まじめに漫画を描いている。学園では地味なオタク女で通っているが、ネットでは『MARI』の名前でコスプレ動画の生配信をしており、多くのフォロワーを夢中にさせている。
【B90／W59／H88】
笹岡毬子
SASAOKA MARIKO

目次

大島《おおしま》 卓《すぐる》
　漫研の顧問を務める中年教師。なんのとりえもなく鬱屈した日々を送っており、漫研部室で毬子と過ごすひとときが唯一の楽しみ。

錦戸《にしきど》 淳也《じゅんや》
　漫研で部長を務める三年男子。政治家である父親に甘やかされて育っており、いつも金回りがいい。

喜多見《きたみ》/楠田《くすだ》/吾妻《あがつま》
　漫研の男子部員たち。錦戸の子分のように行動を共にしている。

第一章　君を守りたい

ペン先が液晶画面を叩くたび、コッコツと小さな音が鳴る。

現在、漫研室内の男率は約八十四パーセント。

そんな室内でデジタイザペンを握っているのは、漫画研究部唯一の女子部員である笹岡《ささおか》毬子《まりこ》だ。ほっそりした身体に、白魚のような指先。それでいて乳房は小柄な身体に似合わぬ豊かさで、いかにも重たそうなそれが長机の天板に乗り、くたっと潰れている。

その無意識の巨乳アピールに、男たちがチラチラと好奇の視線を送っていた。

だが二次元を友に生きてきた根っからのヲタ男子たちにできるのはそこが限界。紅一点である笹岡の存在は気になるけれど、告白する度胸もなく、ただ女子と同じ空間にいるだけで満足してしまうのだ。だがそれでも興味は隠しきることができず、艶やかな黒髪や、白くなめらかな肌、張り詰めた制服の胸もと、頬、首すじ、耳、唇——毬子がお絵かきに夢中になっているのをいいことに、五人分の視線が彼女の全身を不躾すぎる不躾さで舐めまわしていた。

「すごいですね、これ。ほとんど紙に描くのと変わらないです」

「でしょ？　部室に置いておくから、自由に使ってよ」

「えっ、悪いですよ。高いんでしょう？」

「いいのいいの。部室への寄付だけど、実質、笹岡ちゃんの専用機ってことで」

錦戸淳也《にしきどじゅんや》がそう言うと、喜多見《きたみ》、楠田《くすだ》、吾妻《あがつま》――残る男子部員たちも一斉に頷いた。

三代続いた政治家一家の令息である錦戸はいつも金回りがよく、これまでも様々な面で、漫画研究部に貢献してきた。

だが、今回はとびっきりだ。まさか親がかりの未成年者にすぎない彼が、十万円近くもする液晶タブレットを部のために買ってくるだなんて。

いや、「部室への寄付」なんて単なる口実だろう。

ご大層に「研究部」なんて名乗っていても、その実態はオタク仲間の放課後雑談サークル。研究も評論も実作もせず、今期アニメの推しキャラランキングや、イベントガチャの成果報告をぐだぐだと駄弁《だべ》りあうのが主な活動内容だ。

そんなサークル内で、部活動らしい部活動をしているのなんて毬子ただ一人。淳也が小遣いをはたいて導入した液晶タブレットも、実際は毬子個人へのプレゼントだ。

「そうそう。笹岡さんが使えばいいよ」

「絵心ある人は貴重だからね。自分の原稿だけじゃなくて、会誌の表紙も頼むよ？」

喜多見に楠田に吾妻――錦戸の友人だか取り巻きだかも、彼にあわせてお追従《ついしょう》する。

彼らは世の中にとって無益だが、同時に無害な連中だ。掃きだめに舞い降りた一羽の鶴の近くを、這いまわるだけで満足する卑屈な小虫ども。彼らは突然入部してきた後輩女子に浮かれながらも「部活の先輩後輩」以上の関係に踏み込もうとはしない。

だが――。

「ドライバも最新にしておいたほうがいいよな。ちょっと見せて？」

だが錦戸だけは、そんな無益無害なオタクたちとは少し違う。

彼は自分のパイプ椅子を毬子のほうに寄せると、ほとんど肩が触れあわんばかりに画面を覗き込んだ。そんな彼に場所を譲ろうと毬子が身体を傾けると、さらにその二十センチ分を埋めるように、ますます身体を寄せる。

「そうですね、ええと、設定画面って……」

「やってあげるよ。俺、そういうの得意だから」

これだけインタフェースが懇切丁寧になった現代のＰＣで、ドライバの更新ぐらい得意も糞もあるものか。

きっと毬子は困っている。だけど彼女はこの学園には珍しい素直ないい子だから、先輩部員たちのあからさまな下心を、純粋な親切心だと思っているのだ。彼らに悪気なんてない。ただ人付き合いが苦手なオタクたちが、女子部員との距離感を間違えているだけ。それを過剰に意識する自分のほうが、おかしいのかもしれない……と。

「ほら、そこ。歯車のアイコンだよ」

二人の指と指が触れあう直前、毬子はパッとマウスから手を放した。

錦戸は不満げな表情を浮かべ——だがすぐさま「親切な先輩」の仮面を被り直し、ほんの一瞬だけ漏れ出た本心を覆い隠した。

毬子はといえば、「素直な後輩」の仮面を被ろうとしているが、それでも上手に繕いきれず、隠しきれない困惑が表情の端々から漏れ出ている。

彼女は純粋すぎるのだ。

その上、控えめな性格だから、部の先輩に苦情を申し立てることもできない。ここは錦戸のセクハラまがいの言動に、教師として釘を刺しておくべきだろうか——。

「ところでオオタク……」

そう思いかけたところで、ふと、錦戸がこちらに視線を向けてきた。

「じゃなくって、失礼しました大島《おおしま》先生。部室にいて大丈夫なんですか？　職員室に戻ったほうがよくありませんか？」

なにが「失礼しました」だ。

この学園の生徒たちが、自分に対してこれっぽっちも敬意を抱いていないことぐらい、卓《すぐる》だって知っている。生徒たちが「大島卓」をもじって、ふざけたあだ名を付けていることもだ。さすがにそれを、本人の目の前で聞こえよがしに口にするようなのは、あの錦戸一人ぐらいだけど。

――よくないと思います。先生に対してあんな態度……。

――いいんだよ。オオタクって、授業でもああいうキャラだから。

邪魔者を追い払ってせいせいしたのだろう、閉めたドアの向こうでは、部員たちが楽しげに雑談を続けていた。

――ところで笹岡ちゃん、コミパのチケットほしくない？

――うちの部、サークル参加してたんですか？

――うん。学漫系。部長権限で、最優先でチケットあげるよ？

――悪いですよ。先輩たちを差し置いてなんて。

――いいのいいの。売り子してくれたらＭＡＲＩちゃんのファンも来てくれそうだし。

――えっ、それは……困ります……。

液タブの次は、コミパのサークル入場チケットときた。

おかげで卓が持ち込んだ、缶ジュースの差し入れなんてすっかり霞んでしまった。

漫研の顧問教師なんて、たまに学祭や校外活動の申請書にハンコを押してやるだけの役割で、べつに仕事らしい仕事なんてあるわけじゃない。

だがそれでも、たまには顧問らしく生徒たちの面倒を見てやろう——なんて思ったら、この扱いだ。さして高くもない給料から、五人分ものジュース代を割いてやったというのに。

大島卓は、この学園で数学の講師を務めている。

今年で三十九歳になるが、面構えに年齢相応の深みが身についていないのは、長いこと人付き合いも責任ある仕事も避けて、アニメやゲームにばかりうつつを抜かしてきたからだ。だが寄る年波のせいだろうか、そんなオタ活も最近は面倒になり、ただ職場と自宅を往復するだけの生活が続いている。赴任して一年になるが気心の知れた同僚もおらず、生徒に慕われてもいないし、顧問を務める漫研の部員たちからも邪険にされているというありさまだった。

『キミ、オタクっぽいから漫画とかそういうの得意でしょ?』

もともと、そんなふざけた理由で押し付けられた漫研顧問だ。やる気なんてないし、実際、去年は部員たちとろくに顔を合わせなかった。

それが変わったのは、あの笹岡毬子がきっかけだった。

一見すると、どこか自信なさげでおとなしい女子生徒。

だがよく見れば、色白の肌に、黒硝子の糸を束ねたかのようなロングヘア、制服の胸もとを張り詰めさせる豊かな乳房……本当の笹岡毬子は地味どころか、ちょっとしたアイドル並みの美貌の持ち主だ。

しかも彼女は、ただ美しいだけじゃない。

あのやる気がないダメオタクの吹きだまりみたいなサークルで、彼女はたった一人、こつこつと自分の漫画を描き続けているのだ。

決して上手とはいえないけれど、その努力はすばらしいと思っている。

プロの漫画家になれるような才能はなさそうだけど、損得抜きでものごとに打ち込めるのは学生の特権だ。今でこそ落ち着いている卓だが、若いころには声優を目指してがんばっていた時期もある。だから目の前の目標に向かって努力している彼女に、親近感を覚えてしまうのだ。

彼女の入部以来、卓は頻繁に活動状況を覗きに行くようになった。

毬子は、ほかの生徒たちとは違う。教師を敬うことも知らず、陰に日向に卓を小馬鹿にしたがる、あの不心得者どもとは。彼女は卓に挨拶し、笑いかけ、気遣ってくれるのだ。部室でがんばってへたくそな漫画を描いている彼女に話しかけると、いつも嬉しそうに応じてくれる。そんな彼女と同じ空間を共有しているだけで、温かく安らいだ気持ちになれるのだ。

今の彼女は誰にも知られることなく、ひっそりと物陰に咲いている花だ。

だけどもし、あの引っ込み思案が治り、胸を張り、顔を上げて歩くことを覚えたら、きっと学園中の誰もが彼女の魅力に気付くことだろう。教師としては、そんなふうに積極的になった毬子も見てみたい――だけど同時に、このままの二人の関係を、ひっそりと続けていたいとも思ってしまうのだ。

そういえば今年に入ってから、錦戸を始めとする男子連中も、にわかに部室へ顔を出すようになった。

去年までは部活とは名ばかりでファミレスやら、ファーストフードやらで与太話に興じるのが主な活動内容だったくせにだ。きっと連中も毬子が目当てなのだろう。そんなあからさまな下心が、周囲にばれていないとでも思っているのだろうか。まったくもって、失笑を禁じ得ないほどの愚かしさだった。

ともあれ部室を追い出された以上、また面倒な仕事に戻らなくてはならない。

卓のことをばかにしている小生意気な連中に、数学の受験テクニックを仕込んでやるという、不愉快な仕事の前準備だ。職員室に戻ってＰＣを開き、明日の授業範囲を確かめてゆく――。

「大島先生」

ふと、背後から声をかけられた。振り返ってみると、女子生徒が四人ばかり。

「ああ、君たちか」

「みんなで相談したけど答えは変わりませんでした。これ、お願いします」

差し出されたのは、筆文字で「退部届」と書かれた封筒が四通。

「やっぱり、今の状況では活動なんて続けられません。今年に入ってからサークルの和が乱れていて、学園の部活動としては問題が……」

「ああ、わかった、わかりました」

相手は、漫研の女子部員たちだ。

錦戸たちともめて辞めるの辞めないのという話になっていたのだが、結局、退部する方向でまとまったらしい。

緩めの文化系サークルなんて、いやになったら顔を出すのをやめて自然退部してしまえばいい。だのに仰々しく一筆書いてくるなんて、要するに退部にかこつけて、漫研の現状に対する文句をぶちまけたいのだろう。去年までは自分たちがちやほやされていたのに、男子どもの歓心を笹岡毬子に奪われてしまっておもしろくない——そんな益体《やくたい》もない不平不満を。

「君たちの自主性は尊重します。それじゃあ、これは受け取っておくから」

だが、そんな無駄話につきあってやる義理はない。

卓は退部届をひったくると、次の言葉が出てくる前に強引に話を打ち切った。青春の貴重な時間を勉強でも運動でも恋愛でもなく、イケメンキャラの肛門事情に費やしているようないかれた連中だ。きっと口を開いても、出てくるのは毬子に対する理不尽な不平不満に違いない。

「じゃあ、お願いします」

言外に込めた拒絶の気配を察したのだろう、不満声で言うと、彼女たちは不承不承に職員室をあとにした。その立ち去り際。

——あいつ調子に乗ってんだよ。ネットでも部活でも男にちやほやされて……。

ふと、そんな声が耳に入った。

「ネット……？」

気になった卓が振り返ると、ちょうど職員室のドアが閉まった。


毬子を呼び出したのは、翌日の昼休みのことだった。

給水タンクと通気ダクト以外なにもない、殺風景な校舎の屋上だ。学園マンガみたいに、いちゃついているカップルも、ランチを楽しんでいるグループもいない。そもそも普段は封鎖されているから、教師の許可なしに屋上へと続く階段室のドアを開けることなんてできやしない。

だから、都合がいい。

ここなら、ほかの教師や生徒に見つかる気遣いもない。まだ不思議そうにしている彼女に話を切り出してみる——。

「どういう、こと、ですか……？」

それを聞いた彼女は困惑の表情を浮かべた。

「どうもこうも、たった今、言った通りだよ。君に関する噂を聞きつけて、ネットで調べてみたんだ。そこで『ＭＡＲＩ』っていう子を見つけた。ネットアイドル……じゃなくて最近は生主っていうのかな」

ヒントになったのは、男子部員が言っていた「ＭＡＲＩちゃんのファン」という言葉。

そしてもう一つは女子部員の「ネットで男にちやほやされている」という聞こえよがしな陰口だった。

最近の若い連中はインターネットを使いこなしているように見えて、あれで存外、無防備なのだ。

卓の世代はネットは匿名が当たり前。万が一にも個人情報がバレないよう二重三重に気を遣っていたものだが、ＳＮＳ時代の若者たちはそうじゃない。漫研部員が男女あわせて九人もいれば、その中に一人や二人は、ネットで個人情報をダダ漏れにしているやつがいるものだ。そこを起点に交友関係を辿り、教師特権で閲覧できる生徒の名簿と照らし合わせてゆく――そんなことを三時間ばかり続けると、すぐに漫研部員たち全員のＳＮＳアカウントが出揃った。そのグループでしばしば話題に出てくる動画配信サイトを辿ってみたところ、アニメキャラのコスプレで動画配信をしている毬子の姿を見つけたのだ。

「あれは君だね。すぐやめなさい、大きな問題になる前に」

「なんでですか……べつに、禁止されていないでしょう」

「学園外での部活動をするなら、顧問の許可が必要だ」

「部活は関係ありません。私が個人でやっていることです！」

毬子の困惑が、露骨な反感に変わった。

彼女のこんな表情を見るのは初めてだった。その剣幕に気圧《けお》されて、用意してきたはずの説教台詞が喉から出てこなくなる。

「ぶ、部活じゃなくても、学外活動では学園生らしく自覚を持つようにって……」

「自覚ってなんですか？ 学生で生配信している人なんてたくさんいます」

「だって、あんな格好で……」

「コスプレして、ネットの友達とおしゃべりしちゃだめなんですかっ⁉」

二十年前の卓が、周囲の大人たちに向けていたのと同じ表情だ。マンガなんてくだらない、ゲームなんて将来のためにならない、アニメを見ているやつは犯罪者予備軍——そんな言葉で大切な領域を踏み荒らされたとき、人はこんな顔をするのだ。だがまさか自分が、その無理解な大人たちの立場に立つなんて思ってもみなかったけれど。

「だから、それは、つまり……ああ、もう、なんでわからないんだよ！」

思わず声を荒らげると、毬子はビクッと肩を震わせた。

所詮は学生の身だ。大人に声を荒らげられたら身が竦むし、上手に言い返すこともできない。でも、相手の言い分に納得しているわけじゃない。言葉にできなかった反論は、晴らしようもない不満となって心の底に積もってゆくのだ。

「だから、つまり……あの……ただ、喋ってるだけじゃないだろう？」

彼女が呼吸を止め、こちらを見返してきた。

このまま問い詰めたら、鬱積した感情の欠片《かけら》が、彼女の中で憎しみに変わってしまう。そこまでする必要はない。生徒に嫌われてでも、正してやる必要なんて。踏み込まず、立ち入らず、上辺《うわべ》だけの付きあいを続けていればいいのだ。事実、他の生徒たちとはずっとそうしてきた。彼女が卒業までの三年間を、大過なくすごしてくれればそれでよし。もしＭＡＲＩとしてのネット活動が表沙汰になったら、そのとき改めて対処すればいい――。

「個撮っていうのは、いったいなんだ？」

だが、そうすることはできなかった。

彼女のアカウントには、一対一での個人撮影会を希望している、カメラマニアからの公開リプライがいくつも届いていたのだ。そいつらのなかに、よからぬ目的を抱いている者がいないとも限らない。

「ＳＮＳまで調べたんですか……!?」

「対価を受け取って、写真を撮らせているのか？」

「答える必要はないと思いますっ」

「僕は漫研の顧問で、君は教え子だ。知った以上は確認する必要が……」

「部活とは関係ないって言ったでしょう！」

「どのみち、この学園の教師と生徒であることに変わりはない。撮影を口実に下心を持って近付いてくるやつだっているし、ああいった場は売春の温床になることだって……」

決定的な失言に気付いたのは、それを口にしてしまった直後だった。

不用意な一言は、彼女の心中に積もった不満を敵意へと変質させてしまった。その熱が、両眼から漏れ出て卓を突き刺してくる。穏和で引っ込み思案な、普段の毬子から想像もつかないような形相で。

「——先生が、そんなことを仰《おっしゃ》るなんて思いませんでした。先生は、私がそういう、こ、こ、ことをする生徒だって思ってるんですね」

「ち、ちがっ……僕……僕は……笹岡さんのことを心配して……」

「心配していただく必要なんてありません！　私たちは純粋にアニメが好きで、おしゃべりしたり、コスプレしたり……写真を撮ってもらってるだけですから」

「相手は中年親父だろう！」

「だからなんですか。おじさんたちはとっても優しいです！」

もう、あの放課後の部室での、自分と毬子の穏やかな時間は戻ってこないだろう。

言わなければよかった。彼女のネット活動なんて気付かないふりをして、面倒ごとを避けていればよかったのだ。でも、卓にはそれができなかった――。

「失礼しますっ！」

たじろぐ卓に苛立った声を叩きつけ、毬子が屋上をあとにする。

心の中で、わけのわからない後悔が渦巻いていた。

なぜあんなことを言ってしまったんだろう。

どうして、見て見ぬふりをできなかったんだろう。

今まで、ずっとそうしてきた。学生が少しぐらい派手な活動をしていても、わざわざ嫌われ役を買って出てまで、正してやる必要なんてないはずだ。だのに、なぜ笹岡毬子に対してだけは、そうできなかったのだろう――。

◇

わかったことがある。

笹岡毬子は、純粋な少女だということ。

彼女は、自分の周囲にいる男たちの下心に気付けない。自分がいかに魅力的な女性なのか。男という生き物が、心の中にどんなに汚らわしい劣情を抱いているのか。そのことに気付くには、彼女はまっすぐすぎるのだ。

だから罠を張った。自ら狼の群れに跳び込もうとしている無防備な仔鹿を、安全な檻の中に保護してやるために。

最初にしたのは、動画配信サイトのアカウントを取得することだった。

そして彼女のライブ配信に合わせて、応援コメントや投げ銭を送ってやる。

MARIの気を惹くのは簡単だった。なにしろこっちは、笹岡毬子のリアル情報を知っているのだ。彼女が好きな食べ物、苦手な教科、愛読している漫画、アニメを観るようになったきっかけ――放課後の漫研部室で、彼女と交わしてきた会話のすべてがヒントだった。それを駆使すれば、毬子が見ている画面の向こうに「自分のことをわかってくれる、特別に気が合うファン」の姿を作ることは難しくない。そうして二週間かけて彼女からの信用を積み上げ、個人撮影会の約束を取り付けたのだ。

わかったことがある。

もし彼女の引っ込み思案が治り、胸を張り、顔を上げて歩くことを覚えたら、きっと誰もが驚くような魅力的な女性になる――まさにそれがMARIなのだということ。

学園での彼女は、いっしょにいるだけで心を和らげてくれる、春の陽だまりのような女生徒だ。

だがMARIは、その眩しさで心を灼き尽くす、真夏の太陽のような少女だった。

人気アニメのコスチュームに身を包んで微笑むMARIの姿を見たとき、思わず心が躍った。そのとき、初めて自分の気持ちに気付いたのだ。彼女を守りたいと。単なる教師と生徒という関係を越えて、自分は彼女に惹かれているのだと。

毬子を守ってあげたい。

そのためなら、自分が悪役になることも厭《いと》わない。これからすることを思うと心が痛む。毬子は泣くだろう。絶望するだろう。だが、それでも——。

「僕は、毬子を犯す」

そう声に出して、揺らぎそうな決意を固める。

「ＭＡＲＩ。お前を俺の女にしてやる……」

心のうちの決意を、もう一度声にする。

今度は普段よりも低く野太い悪役声でだ。

卓は若いころ、声優を目指して専門学校に通っていた時期がある。

結局、青臭い夢は夢のままに終わり、声優を目指していた二年間は無駄に終わった。その時間を教師としてのキャリア形成のために使っていれば、今頃はもっと恵まれた人生を送っていたかも知れない。

だが、そうじゃない。

あの二年間は、今日のためにあったのだ。

声色を使い、目出し帽で顔を隠し、別人を装って毬子をレイプする——。

その瞬間の、彼女の絶望の表情を思い浮かべるとたまらなく胸が痛む。

それでも、やらなくてはいけない。

愛しているから、その痛みにだって耐えられる。毬子がほかの誰かに汚される前に、安全な檻の中に閉じ込めてあげるのだ。彼女の肉体を狙う卑劣な男どもが、二度と手を出せないように。自分以外の男に無防備に近付こうなんて、二度と思えなくなるように。

「俺は気弱な中年教師じゃない。ネットでの誘いにのって、のこのこやってくる愚かな女をぶち犯す粗暴なレイプ魔だ」

そう、自分に言い聞かせる。もうすぐ、このスタジオに毬子がやってくる。そのとき、二人の新しい関係が始まるのだ——。


ほどなく、彼女は現れた。

一軒家を改装した撮影スタジオだ。まずはチャイムが二度。それから少し経って、玄関のドアが開いた。

「えっと、あの……入りますね。失礼します……」

緊張気味の声とともに、毬子が入ってくる。

『少し席を外します。もしノックして返事がなかったら、先に入室して待っていてください。もう受付を済ませて鍵は開けてあります』

彼女には、予《あらかじ》めそんなメールを送ってある。その文面を疑いもせず毬子が玄関から廊下を抜け、リビングのドアを開ける——。

「えっ、あの……？」

毬子はきょとんとこちらを見つめてきた。

室内で彼女を待っていたのは、目出し帽で素顔を隠した中年男。予想外の事態に、まだ頭がついていっていないのだろう。わけもわからず立ち尽くしていた毬子が、ようやく状況を理解した次の瞬間。

「ひぐっ⁉」

引《ひ》き攣《つ》った声をあげながら、彼女はその場にうずくまった。

「へぇ……アニメみたいに、一発で気絶するわけじゃないんだな」

野太い悪役声を浴びせると、毬子は泣きそうな顔で見上げてきた。

大丈夫、ばれていない。

目の前にいる男の正体に、彼女はまるで気付いていない。そう確信して、手の中に握った小道具のスイッチを握り込むと、チチチチチチッ……と甲高いスパーク音が鳴った。

「ひっ……あ、あのっ……」

「スタンガンだよ。なかなか効くだろう？」

「うぐあぁっ⁉」

電極を押し付けると、毬子の身体が再びガクンと仰け反った。

スタンガンを用意したのは卓なりの優しさだ。毬子に暴力を振るうなんてできるはずがない。だがこの道具なら、ほとんど外傷を負わせることなく、純粋な苦痛のみを与えることができる。

「なに……なんで……ひっ、やめ……うぁ、痛っ……痛い……」

毬子が怯えた目で見上げてくる。

力が入らない手足を引きずり、床の上をのたうちながら必死に後じさる彼女。

間違った道に入り込んでしまった毬子を矯正してあげるのに、こいつはうってつけの得物だ。痛かったのはほんの一瞬。今はもう、こうして床を這いずれるまで回復している。それを確認すると、もう一度、スタンガンを近付け——。

「ぐっ！　ぐがっ、えうぐぁっ⁉」

電極が触れた瞬間、しなやかな身体が床の上を跳ねまわった。

それをさらに二度、三度。四十万ボルトの棍棒で打ちのめしてやると、ついには派手にのたうつこともできなくなり、毬子は床に倒れ伏したままピクピクと手足を痙攣させた。

「う、あ、助けっ……ご、ごめっ……な、さいっ……許っ、てっ……」

呻きながら、ヒュッ、ヒュッ、と断続的な呼気を漏らす。

そんな姿を見ていると胸が苦しくなる。きっと辛いだろう。だが、愛する人を犯さなくてはならない自分はもっと辛いのだ。それでも私情を押し殺して、できるだけ居丈高に彼女を見下ろす。

「わかってるな？」

スタンガンを彼女に近付け、再びグリップを握り込む。

「逆らうんじゃねえぞ。抵抗したら、もう一発、こいつをぶちこんでやるからよぉ」

チチチチチチッ……耳元でスパーク音を鳴らしてやると、彼女はガチガチと奥歯を鳴らしながら、恐怖に両眼を見開いた。

先日の屋上でのあの反抗的な彼女はもうどこにもいない。

ほかの誰かにひどい目に遭わされる前に、彼女を保護できてよかった。心を尽くした説得には耳を貸さないが、暴力の前には従順になる。責めるのは気の毒だが、それが毬子の本質なのだろう。

「くく……素直になったな」

だから、傲岸《ごうがん》な態度を装う。

倒れ伏す彼女の側に立ち、その身体を舐めるように観察する。

学園で使っている野暮ったい眼鏡を着けてはおらず、重たそうに垂らしている前髪も、今はリボンカチューシャでまとめていた。

普段は地味な——あるいは清楚で大人しそうな毬子だが、それだけの変化で、普段よりも何割増しかで華やかに見える。スクールウェア風のブラウスとプリーツスカートは、いかにも助平親父どもが喜びそうだ。ライブ配信で男たちにもてはやされる快感が、あの純情だった彼女を、男受けばかり気にする尻軽女へと変質させてしまったのだろう。

「たまらねぇな。いいカラダしやがって」

それなら、与えてやろう。

彼女がほしかったものを。MARIに血道をあげるファンたち何百人、何千人分を束ねたよりも、激しく濃厚な熱情を。もう二度と、彼女が間違った道に進まないためにだ。倒れ伏す彼女の胸もとに手を伸ばし、ブラウスのボタンを引きちぎる。

「やめ……やめて、くだ、さっ……もう……痛いこと、しないで……ひっ⁉」

唇をわななかせながら、毬子は弱々しく瞳を泳がせた。

暴力への恐怖。これからされることへの恐怖。その青ざめた顔を見ていると、卓自身も胸が張り裂けそうになる。血の気が引き、鼓動が速まり――その溢れんばかりの悲しみがペニスへと流れ込み、痛々しいほどに強張らせる。

「笹岡さ――」

思わず、素の自分が出てしまいそうになる。

だがすぐ言葉の続きを呑み込み、粗野と粗暴の仮面を被り直す。さらに白いフルカップブラもずり下ろすと、よく熟れた果実さながらの瑞々《みずみず》しい乳房がまろび出た。その一つを

真下から掬い、手のひらの上で揉み転がしてやる。

「くく……すげぇ乳してやがる」

とろけるように柔らかな乳肉だった。触った心地は、中にゼリーを詰めた極薄のゴム風船といったところだろうか。ずっしりと重いそれが手のひらの上でクタッと潰れ、軽く揺すっただけで、白い乳肌がフルフルと波打つ。

「おとなしそうな顔のくせに、こんなエロいデカパイしやがって。この乳で親父を釣って援交してんだろう？　あぁ!?」

「そんなのっ……し、してなっ……写真、撮った、だけっ……」

「ネットで男の気を惹いて、こんなふうに会いまくってるんだろう。それでなにもしてないって、誰が信じるってんだよ」

「ご、ごめんなさいっ……許して……もう、しませんからっ」

「処女なのか？　キスは？　何人とヤった？　今までの男どもとは、どんなことしてやがったんだよ⁉」

「ひっ⁉」

毬子は肩を竦め、庇うように両手をかざした。

痺れていた身体に少しずつ力が戻りはじめたのだろう。だが、所詮は少女の細腕だ。弱々しい抵抗を容易に払いのけると、彼女の唇に自分のそれを重ねる。

「ん、んくっ……⁉」

薄く小さな唇だった。

固く結ばれたそれをぬちゃぬちゃと舐めまわすと、毬子は固く目を閉じ、小さくかぶりを振った。その頭を押さえ込み、顔面の下半分が唾液でドロドロになるまで貪ってゆく。

――僕は、今、笹岡さんとキスしている……！

そんな気持ちが、胸中を沸き立たせる。

結ばれた。愛は成就したのだ。ずっと周りから毛嫌いされてきた三十九年は、今日、この日のためにあった。笹岡毬子という最高の少女に、ファーストキスを捧げるために。卓は思わず小躍りしたくなり――だが浮き立つ気持ちを押さえて、いかにも傲岸な口ぶりで毬子に告げる。

「今度は、お前のほうからキスしてみろよ」

「え、えっ……あのっ……」

「もたもたしてんじゃねえよ。また痛い目に遭いたいのかっ！」

怒声を叩きつけると、毬子は観念したように顔を上げた。

そして軽く唇を開き、おずおずと身体を近付けてくる。

その従順さが悲しかった。今、彼女の眼前にいるのは憎むべきレイプ魔だ。だのに脅されたぐらいで、自分から唇を差し出してくるだなんて。

——笹岡さんにとって、キスってその程度のものだったんだな……。

四十万ボルトの電撃なんて言い訳にならない。本当に嫌なら、それでも必死に抵抗するはずだ。彼女の意外な一面に寂しさを覚えながら、それでも冷酷なレイプ犯を装って彼女のキスを受け止める。軽く小首を傾げて二人の口腔を深くかみ合わせ、緩く開いた唇から舌を挿し入れ——。

「う、あぁ……んうぅっ……」

繋がりあった唇の隙間から切なげな吐息が漏れた。

肩を竦め、手足を強張らせ、ただされるがままになっている彼女。その口内を舐めまわすと、奥のほうで彼女の舌が小さく縮こまっているのに気付いた。小さく柔らかなそれを掘り起こし、自分のそれとにちゃにちゃと絡めあう。

「はぁ、んあっ……」

毬子は目を閉じ、眉間に深い皺を寄せながら呻いた。

そんな彼女の頬を両手で包みながら、ますます深く舌を絡めあう。舌伝いに唾液を流し込み、彼女の口内にぬとぬとと塗り込んでゆく。愛を交わしあう蛞蝓《なめくじ》の夫婦のように、二枚の舌がもつれあい、絡みあい、蠢《うごめ》きあい、こすれあう。

「くく……なかなか上手いじゃねえか。気分出しやがって」

そんな舌戯をたっぷり楽しんだあとで、ようやく毬子の唇を解放する。

彼女はぐったりと頭を垂れ、肩で息をしながら呼吸を荒らげていた。

その息遣いが、どこか悩ましげに聞こえるのは、きっと気のせいではないだろう。キスだけでこんなにも感じてしまうような、彼女はふしだらな女だったのだろうか。そう思うと、さみしさがこみ上げてくるのを禁じ得ない。

だがそれでも、止めるわけにはいかない。

こんなにも蠱惑的《こわくてき》な身体。こんなにも淫乱な本性。こんなにも男心をそそる女が、いつまでも無垢なままでいられるわけがない。だから欲望まみれの男どもに汚されて傷つく前に、彼女を救ってあげなくてはならない。

「さあ、次だ。脚を開きな」

「そ、そんな……やだ……⁉」

毬子が床を這いながら、じりじりと遠ざかる——。

「逆らうなっつってんだろッ！」

「ぐぎあぁがぁっ!?」

その腹に電極を押し付け、何度目とも知れない電気ショックを浴びせる。

「キスだけで終わると思ってたのかぁ？　なわけねぇだろ！　レイプするんだよ。お前は今から、俺のチンポを腹ん中にぶち込まれるんだ」

その怒声に答えることもできず、彼女は床に倒れ伏したまま、ヒクヒクと手足を蠢かせていた。そんな彼女の身体を引き起こし、剥き出しの乳房にスタンガンを押し当てる。

「やめっ……やっ……ゆ、ゆる、ひっ……ご、ごめっ……さっ……」

「素直にしてりゃあかわいがってやるよ。それとも、もう一発喰らいたいか？」

両眼を恐怖に見開きながら、毬子は大きく首を振った。

スカートの中に手を差し入れると、彼女はビクッと身体を強張らせ——だがすぐ思い直したように、おずおずと脚を開いてゆく。

「そうそう。そうやっていい子にしてればいいんだよ」

指先に下腹部の丸みを感じる。

温かく滑らかな肌だった。薄い皮膚の下に腹筋の形を感じながら、下着の中にまで指をすべり込ませる。ぷくぷくした恥丘の手触り。厚肉がひしめきあう割れ目の形状。ぺちゃりと指先に吸いつく肉ビラの手触り。さらにその奥へと――。

「うあ、あ、中にっ……」

毬子はギュッと下唇を噛み、漏れかけた声を呑み込んだ。

口にしかけたのは、「いやだ」とか「気持ち悪い」とか、そういった言葉だろうか。だがスタンガンがよほど堪《こた》えたのか、奥歯をガチガチ鳴らしながら、秘部を触られる感触に懸命に耐えている。

その従順さに愛しさを、簡単に暴力に屈して股を開くふしだらさに嫌悪感を――そんな矛盾した気持ちを同時に覚える。愛とはアンビバレントなものだ。毬子のことを想っているからこそ、期待も失望も覚えてしまう。

その相矛盾する気持ちを止揚する方法が、卓には見えている。

それには時間が必要だ。二ヶ月か三ヶ月……それだけの時間があれば、この期待も失望も受け入れて、丸ごとの毬子を愛してあげられるようになるだろう。だから犯すのだ。たとえいっとき、悪者として彼女に恨まれようとも。そうすることが、二人の幸せな未来のためなのだから。

ヒクン、ヒクン、ヒクン……膣口に突き立てた中指から、彼女の生命のリズムが伝わってくる。

初めて触れる女性の体内は、熱く、狭く、しっとりと薄湿っていた。そのまま指を前後させると、密着した媚肉が指先に擦れる。

「く、ああ、そこっ……」

「気持ちいいのか？」

「ち、ちがっ……うぁ、ぞわぞわって、なるっ……」

ほんの数センチの抽挿で、彼女の声音が震えた。

――僕の指で、笹岡さんが感じている……⁉

そう思うと、胸に熱いものがこみ上げてくる。

女性の身体を感じさせる方法なら、漫画やＡＶで数え切れないほど目にしてきた。そのやり方を、彼女の柔らかな膣内にぶつける。彼女の中で指を曲げ、節くれだった関節を膣壁に押し付ける。そのまま激しく抽挿を繰り返し、熱い粘膜をぐちぐちと刺激する。

「うああっ、あっ、くぅ、んぐっ……」

毬子が呻いた。

その切なげな声が、ますます卓を奮い立たせる。もう、ただ抜き挿しするだけでは足りない。今度は肘を捻り込むように使いながら、彼女の膣内を撹拌する。ぐちっ、ぐちっ、ぐちっ、ぐちちっ……もがく彼女を組み伏せ抉り続けるうち、固かった膣内はしだいにほぐれ、とろみのある汁が指先に絡み始めた。感じている。卓の愛撫に、毬子の肉体が応えてくれているのだ。それが嬉しくて、弛み始めた膣肉をさらにほぐしてゆく。彼女の体内で指先を鉤のように曲げ、指の腹を膣壁に押し付けながら指を前後させる。愛液のぬめりで滑らせるようにして、何度も、何回も――。

「くひっ、う、あぁっ⁉」

ビクン、と毬子の身体が跳ねた。

どうやら、卓の指が敏感な場所に当たったらしい。膣内が収縮し、ぢゅわりと蜜液が染み出てくる。

見ればいつの間にか、毬子の頬や首すじのあたりが薄赤く染まっていた。

息遣いも荒く、呼吸のたびに剥き出しの乳房が大きく上下する。まるで誘惑しているかのようなその動きに釣られて片方の乳房を鷲掴みにすると、眉間に深い皺を寄せ、毬子は切なげに呻いた。

「あ、んん……胸……さ、触ら、ないでっ……」

「ああ？　なんだって？」

「ひあぁっ⁉」

二本指で乳首をつまみ、乳房を吊り上げてやる。コリコリした乳頭を指の腹で圧《お》し潰《つぶ》すと毬子は眉根を寄せ、唇をわななかせながら頭を振った。

「う、あぁ……胸……お、お願いです、もっと、優しく……」

「ふん。このデカパイを、優しくかわいがってほしいのか？」

そのまま手首を振り、ずっしりと重い乳房を振り子のように揺らしてやる。

「そ、そうです……や、優しく……あっ、ひっ、か、かわいがって、くださいっ！」

またしても、毬子は簡単に屈服してしまう。

だが、責めるのは酷というものだろう。この心の弱さは、控えめで従順という彼女の美点の裏返しだ。だから、守ってあげなくてはならない。悪い男が彼女に目を付け、その弱さにつけ込んで汚そうとする前に。

「いいだろう。たっぷりかわいがってやるよ」

乳頭から指を放し、ズボンのベルトに手をかける。

「ひっ、やだ……あ、あ、嫌っ……!?」

剥き出しになったそれを目にしたとたん、力の入らない手足を引きずるようにして、毬子は後じさった。

「レイプって言っただろうが！　わざわざ、そのために呼び出したんだよ。たっぷり中出しして、俺のガキを孕ませてやるからなっ！」

「いや……やだ、た、たすけ……ぎゃうっ!?」

毬子が逃げる――その背中にスタンガンを喰らわせると、彼女はビクンと身体を震わせ、床に崩れた。

「わからねえやつだな。逃げられると思ってたのか？」

「や、やめ……わ、私、警察……行……ぐぎぁあっ！」

その倒れ伏す彼女にもう一度。うつぶせの身体がビクンと跳ねあがる。

さらにもう一度。もう一度。もう一度。いよいよ本当に犯されるとなって、ふしだらな彼女もさすがに危機感を覚えたのだろう。その抵抗心を、立て続けの電撃で刈り取ってゆく。背骨が反り返り、手足が跳ね上がり、顔面を何度も床に打ち付ける——。

「ごめ、な、さっ……も、逆らい、ませ、からっ……んぎっ⁉　がっ⁉　あがぁっ⁉」

完全に屈服した彼女に、さらに三度ばかりだめ押しのスタンガンを浴びせる。

髪の毛を掴んで引き起こすと、涙と鼻水でぐちゃぐちゃの顔が、弱々しくこちらを見返してきた。

「お、おねがい、ですっ……やめて……せ、せっく……セックス、します……」

恐怖に歪んだ顔で、毬子が懸命に訴えてくる。

「セックス……し、して、くださいっ……あの……レイプ、して……中出し……逆らいませんから……お、お願い……電気、いや……」

どうやら毬子は貞操を守り抜くことよりも、目先の苦痛を避けるために、レイプ魔に媚を売ることを選んだようだった。

うつぶせに倒れる彼女の身体を引き起こしても、まるで抵抗する様子がない。

そのまま下着をずり下ろすと、白い恥丘があらわになった。

肉の割れ目から覗くつつましい淫花弁が、牝蜜を絡めて濡れ光っている。きっと、さっき愛撫してやったのが効いているのだろう。ぐったりしている身体を横臥させ、背後からペニスを押し当てると、濡れた肉がペチャリと亀頭に吸いついてきた。

「う、あぁ……これっ……お、おちん、ちん……当たって……！」

そのか細い牝声が哀れみと欲情とを誘い、ますますペニスを漲らせる。

強く腰を押しつけ、彼女の入り口をこじ開けてゆく。ほんの指一本でも強く締め付けてきた狭穴だ。その入り口を亀頭で押し拡げながら。

「う、うぐっ……ひ、あ、あぁっ……!?」

ずずっ、と擦れる感じがして、ペニス

の先端、数センチ分が彼女の体内に埋まった。

たっぷりほぐしてやったつもりだったが、それでも固く窮屈な膣内だった。強引に挿入しようとすると、強烈な圧迫感で軽い痛みを感じる。その痛みに耐えながら一センチだけ腰を引き、また二センチ分だけ突き込む——そんな小刻みなピストンを繰り返す。

「う、おぉ、これはっ……」

たっぷり愛撫してやったのが効いてきたのだろう、彼女の膣内はやがて奥のほうまで熱い蜜で潤い始めていた。

その汁が亀頭に染み込み二人の性器がなじみ始めると、強烈な締め付けが、そのまま強い快感へと変わってゆく。濡れた肉と肉が擦れる感触は、自分の手で握るのとも、今まで使ったことがあるどのオナホールとも違っていた。その体温。蠢き。その圧迫感。たまらない快感に急《せ》き立《た》てられるようにして、夢中になって腰を揺する。二枚の粘膜を愛液で滑らせながら、一センチ、また一センチと、彼女の奥深くまでペニスを突き込んでゆく——。

「うあぁああっ⁉」

やがて亀頭が最奥に達し、毬子が腹の底から絞り出すような呻き声をあげる。

たまらない快感だった。ペニスがずっぽりと根もとまで彼女の体内に埋まり、灼けるような熱さと圧迫感に包まれている。熱蜜に濡れる膣粘膜はぴったりと竿肌に密着し、ヒクン、ヒクン、と小刻みに蠢いていた。

——ああ……僕は、今っ……！

結ばれた。ついに彼女とひとつになったのだ。その証拠を確かめたくて結合部に手を伸ばすと、ぬらりと湿ったものを感じる。

「こいつは驚いた。本当に処女だったのかよ？」

指先を濡らす愛液に、純潔の証しである鮮やかな赤色が溶け込んでいた。

そうあってほしいと思っていた——だけど、まさか本当に処女だったなんて！　ネットで男を誘うようなまねをして、下心剥き出しの親父どもにほいほいと躍らされて……そんな危なっかしいまねを繰り返しながら、それでも彼女は処女でいてくれたのだ。恋愛ともセックスとも無縁に生きてきた三十九年、その果てに、初めて心奪われた女性と結ばれることができた。しかも、お互い初体験同士でだ。その奇跡的な幸運に、運命を感じずにはいられない。胸の奥からこみ上げる喜びに衝き動かされるように、卓は猛然と腰を振り始めた。

「ん……んく、うぁ、痛っ……」

ずんっ、と強く突き上げると衝撃が毬子の体内を駆け上がり、悲鳴じみた鳴き声となって喉から迸る。

もう、彼女の身体を気遣いながらの丁寧なピストンじゃない。身体の内で渦巻く歓喜のほどを伝えるかのようにペニスを叩きつける。

「んぅっ……あっ、んぐっ、うっ、うあっ……くっ、うぁ、あぁっ……！」

そのたびに、彼女は繰り返し鳴き声をあげた。

その声が、ますます興奮をかきたてる。

ずっと無気力で枯れたような生活を送ってきた自分に、まだこんな情熱が残っていただなんて。そのことに驚きながら、夢中になって腰を振る。身体の内に燃えている熱に急き立てられるようにして、激しく、もっと激しく。卓がピストンを速めると、あえぎ声もリズムが速まる。ゆっくりと舐めるように亀頭で内壁を擦りあげると、毬子もまた長くか細い声で鳴く。そして、思い切り強く腰を叩きつけると――。

「うぁあああぁっ!?」

毬子の身体がガクンと跳ねた。

身体を反り返らせた拍子に、二つの乳塊もまた跳ねまわる。

その激しい反応が嬉しくて、卓はますます激しく腰を振りたてた。処女膣を亀頭で殴りつけてやると、そのたびに毬子の身体が跳ねる。その乳房を背後から鷲掴みにして、逃げるようにずり上がる身体を引き戻す。指の痕が付くほど強く五指を喰い込ませた柔乳を手綱代わりに、暴れるじゃじゃ馬を飼い慣らすのだ。ごづっ、ごづっ、ごづっ……子宮口に強めの鞭を当ててやるたび、毬子が激しく身悶える。その身体を強引に押さえ込み、また子宮を殴り付ける。何度も。何回も。そのたびに毬子は悲鳴をあげ――だが裏腹に、彼女の膣内は、そんな暴虐すらも嬉しがっていた。卓が強くペニスを突き込んでやるたびに、マゾ子宮は嬉しそうに蜜液を滲ませ、膣壁は悦びに身悶えするのだ。そのぬめりが、締め付けが、ますます卓の興奮をかき立てる。やはり、自分と彼女の相性はぴったりなのだろう。初体験だというのに、彼女の身体はこんなにも気持ちいい。その感動が睾丸を疼かせる。急激に快感が膨れあがり、会陰のあたりがキュウウッと引き攣れる。ペニスの根もとあたりが疼き、ピクピクと痙攣する。

「いや、あ、膨らんでるっ……うそ、やだ、これ……射精……？」

卓の腕の中で、毬子は激しく身を捩った。

「やだ……やだ、出さないでくださいっ！　抜いてっ！　抜いてくださいっ……！」

「焦るなよ。言われなくても、お前のまんこで思いっきり抜かせてもらうからよぉ」

「そんなっ……やだ、いやっ……だめ……だめ、絶対、出さないでぇぇっ！」

パニックを起こしたかのように悶える毬子。

それを強引に押さえ込み、なお激しく腰を振る。

射精直前のペニスはひどく敏感で、膣内の反応がつぶさに感じ取れる。彼女の膣壁がヒクついているのも。肉襞がざわついているのも。腰、下腹、太もも……彼女の下半身全体がトロリと弛み、子宮が下がってきているのも。乞《こ》い縋《すが》るように降りてきた子宮が、ちゅぱちゅぱと亀頭を舐めまわしている。その甘えん坊な牝器官に、卓も激しいキスを返してやる。強く、強くペニスを抉り込み、奥壁と亀頭を擦り合わせる。鈴口と子宮口を吸い合わせながら、速く小刻みなピストンを繰り返す。三十九年かけて煮詰まった欲望が、尿道内壁をぬらぬらと舐めながら駆けあがり——。

「うぁあああぁっ……⁉　あぐ、ひぃいっ……あぁ、ああああぁっ⁉」

次の瞬間、熱精が鈴口からぶちまけられた。

ペニスが何度も脈動しながら、煮こごりのような濃精をぶちゃぶちゃと吐き出してゆく。ほとんど半固体のように濃厚なそれが奥壁に貼り付き、その熱さに驚いた子宮がヒクヒクと身を捩る。その暴れる子宮を亀頭で小突き回し、液塊を圧し潰してゆく。ひどく濃厚な牡汁が、毬子の愛液に溶け込みながら膣内の隅々にまで染み渡ってゆく。

「ひっ、うくっ……どうして、わたしが……こんな……」

牡精に体内を侵されてゆく、その感触を味わいながら毬子はしゃくりあげた。

その哀れな声を耳にすると、どうしようもなく胸が痛む。

だが仕方ない。かわいがってあげることだってできた——けれど、先に裏切ったのは彼女のほうだ。身体目当てで近付いてくる得体の知れないエロオヤジに処女を奪われてしまうくらいなら、こうして強引にでも抱いてあげたほうがいい。

——毬子。これからも、僕が守ってあげるからね……！

真摯《しんし》な誓いとともに腰を揺すると、毬子が悲痛な呻き声をあげた。

「う、あぁ、痛い……ぬ、抜いてっ……」

その膝を背後から抱え上げ、強引に脚を開かせる。

二人の結合部が捩れ、精液と愛液と破瓜血とが入り交じった淫液がぶぢゅりと溢れた。その汁で滑らせながら、ぬちゅ、ぬちゅ、ぬちゅり、と濡れ穴を擦り立てると、射精直後のペニスが熱く、硬く、再び漲り始める。

「うあ、ああ、なんでっ……もう、射精したのにっ……やだ、もう許してっ……」

「っせえな！　一発で終わるわけねえだろ。こんな気持ちいいエロまんこしやがって。まんこヒダをチンポに吸いつかせながら、泣き言いってんじゃねぇよ！」

「ひぐっ!?」

膣穴を強めに抉り、涙声の抗議を黙らせる。

生意気ばかり言う毬子だけど、子宮を殴り付けている間は素直な女になる。どんなに口先でいやがっても、彼女の膣内は間違いなく卓を歓迎しているのだ。

「時間はたっぷり余ってるからな。キンタマが空っぽになるまで、かわいがってやるよ」

だから、仕込んでやればいい。

徹底的に責め嬲り、彼女の心に諦念と無力感とを刻み込むのだ。もう二度と逆らわないように。もう二度と、ほかの男と会おうなんて思わないように。彼女を従順にさせるための躾の鞭はペニスと、スタンガンと——。

「あ、えぇ……それ、写真……？」

ポケットから取り出したスマートフォンを向けると、毬子は力なく身を捩った。

「今日は撮影会の予定だったろ？」

「や、やめて……だめ、撮らないでっ⁉」

その抵抗を無視して、彼女の姿を次々と写真に収めてゆく。涙でくしゃくしゃの顔。背後から鷲掴まれた乳房。滲んだ汗に艶めく下腹部。さらにその下、精液と愛液と破瓜血にまみれた割れ目が痛々しいほどに拡がり、牡根を咥え込んでいる様子まで。カシャッ、カシャッ、カシャッ……シャッター音に肌を叩かれるたび毬子は身じろぎ、膣肉をキュンキュンと引き攣らせる。

「おおっ、締まるな」

まるで羞恥心と連動しているかのような、マゾ肉の蠢きに卓はにんまりと頬を弛めた。

「長丁場の撮影になるからな。いい顔を見せてくれよ。なあ？」

尊大に告げると、卓は猛然と腰を振り始めた。

よく締まる最高の肉穴だと思っていたが、さっきよりも具合がよくなっているような気がする。中出し汁で膣内がよくぬめっているし、強張っていた膣壁もほどよくほぐれて、柔襞がペチャリと吸いついてくるのが心地よい。

これに比べれば、さっき味わった処女穴は、まだ青く硬い果実だ。

自分のペニスが彼女の肉体を変え、甘く熟れさせたのだ——そう思うと、たまらない充足感がこみ上げてくる。

この身体をもっと変えてやる。諦念を教え、無力感に沈め、従属を教え込む。処女を失くしたばかりの膣穴にペニスの形を覚えさせ、自分専用の抜き穴へと仕込んでゆくのだ。時間はたっぷり残っている。スタジオのレンタル終了時刻まで、あと七時間以上——。


まるで内臓を抜き取られてしまったかのように、下腹のあたりに奇妙な空虚感がある。奇妙に身体が重い。今にもカクンと抜けてしまいそうな両膝を叱りつけながら立ち上がると、卓はペットボトル入りのミネラルウォーターを一気に飲み干した。

その足下では、毬子がぐったりと倒れ伏している。

瞳は呆然と泳ぎ、唇を力なく弛め、白い肌には力まかせの愛撫の痕跡が痛々しく残っている。投げ出された手足はピクリともせず、仰向けにさらけ出された乳房だけが、呼吸のリズムに合わせてゆるゆると上下していた。

「出した出した。我ながら張り切りすぎたかね」

「…………」

「おい、なにか言ってみろよ？」

「うぎっ⁉」

下腹のあたりを強めに踏みつけてやると、たっぷり注ぎ込んでやった中出し汁が、彼女の膣口からぶちゅりと溢れた。

なにしろ七時間だ。

休まず、休ませずに身体を交え続けた。

四つん這いの彼女を獣のように犯し、膣内に牡汁を注ぎ込んだ。

横たわる卓の身体を跨がせ、自分で腰を振ることを覚えさせた。

そうして何度か膣内に射精したあと、牡と牝の体液でぐちゃぐちゃになった穴に指を挿し込み、激しくかき回してやった。

二本指を差し込み、ぢゅぽぢゅぽと抽挿を繰り返すと、ペニスを挿入したときとは違う、かすかに甘みを帯びた鳴き声があがった。まだセックスに慣れていない処女同然の膣穴だが、どうやら指ぐらいの太さなら痛みは少ないらしい。そう見当をつけてクリトリスやGスポットのあたりをいじってやると、彼女は激しい悶え声を上げ、打ち上げられた魚のように床の上をのたうった。膣内から止めどなく蜜液があふれ、尿道口からは勢いよく潮を噴き上げ……その暴れる身体を押さえ込み、さらに執拗な愛撫を続けた。

そんな指責めを続けること三十分余り、延々とイかされ続けた毬子は呆然と身を投げ出し——そこに覆い被さり、今度は正常位で犯してやった。愛撫絶頂の余韻でゆるゆると蠢く膣内の感触は格別だ。正面から肌と肌が触れあう密着感も、目の前三十センチの距離で

あえぎ悶える彼女の顔を目にするのも。彼女の身体を組み伏せ、唇をべちゃべちゃと舐めまわしながら猛然と腰を振り、大量に注ぎ込んだ牡液で子宮を溺れさせた。

何度も、何度もだ。今まで漫画やAVで覚えてきた知識を、残らず毬子の身体に叩きつけたのだ。その間に撮影した写真や動画は数え切れない。小柄な身体で三十九年分の欲情を受け止めさせられた毬子は汁まみれの裸身をだらしなく投げだし、膣穴からごぼごぼと精液を垂れ流していた。

「ひでえもんだ。精液風呂に浸かったみたいじゃねえか」

そんな彼女に嘲り声をぶつけながら、乳房を鷲掴みにする。

白い乳肌に指のあとが残るほど揉み倒してやったというのに、まだ触り足りない。それどころか、こうして毬子の身体に触れていると、何度となく射精したペニスがまたもや漲り始めるが……。

「充分、楽しませてもらったしな。今日はこのぐらいにしておいてやるか」

その声に、毬子の表情がわずかに弛み——。

「続きは明日だ。今日は帰っていいぜ、笹岡毬子ちゃん？」

「…………っ!?」

その眼前に、ギンガムチェック柄のパスケースを突きつける。中身は本名・顔写真入りの学生証と、最寄り駅が印字されたＩＣ定期券。さっき何度目かの凌辱を終え、毬子が放心している間にバッグから抜き取っておいたのだ。

「知らない男と会うのに、こんな身元がわかるようなものを持ってくるかねえ。どこまでおめでたいんだよ」

「そんな……う、うそ……」

今日一日がまんすればこの悪夢は終わる——きっと、そんな都合のいいことを考えていたのだろう。そのかすかな希望を否定され、弛みかけた顔が見る見る凍りついてゆく。

「そんな、この世の終わりみたいな顔をするなって。飽きるまで抱いたら、あとはさっぱり切れてやるよ。それまで仲良くやろうぜ。なあ、毬子？」

呆然とする毬子を追い討つように、卓は嘲りの笑みを浮かべた。

第二章　マゾ犬のしつけかた

気がつくと、もう窓の外が明るくなっていた。

昨晩、スタジオから帰った卓は、あの運命的な初体験を思い浮かべながら何度も自分自身を慰めた。

あんなにも情熱的な初体験を終えたばかりだというのに、毬子のことを思うとまるで勃起が鎮まらなくなる。そうして部屋中に牡臭が立ちこめるほど射精したあとで、半《なか》ば気を失うように眠りについたのだ。

スマートフォンを起動すると、昨晩、最後に観ていた毬子の動画が映し出された。

画面の中の毬子は、ひどく哀れで、痛々しい表情を浮かべていた。

その姿を観ていると、たまらなく胸が痛む。

だがそれでも、彼女にとっては不幸中の幸いだったろう。

ＮＡＲＩのライブ配信に群がる何千人もの男たち……きっとあいつらは、みんな頭の中で毬子を犯してる。もし卓の行動があと何日かでも遅れていたら、連中の汚らわしいペニスが、現実の毬子の肉体に届いていたかもしれない。

「そんなことはさせない。これからも僕が守ってあげるよ」

真摯《しんし》な決意とともに、画面の中の毬子に語りかける。

カメラマン気取りのエロ親父や、調子のいい口説き文句を垂れ流す接触厨たちに、毬子を汚させるわけにはいかない。

「愛してるよ、毬子。君を傷つけるのは辛いけど、それでも僕は逃げない。必ず君を幸せにしてあげるからね」

真剣な声で告げると、手早く身繕いをして外出の準備を整える。

今日の午後、毬子に時間と場所を指定して呼び出しておいた。

下手に時間をあけたら、誰かに相談しようとか、警察に届け出ようとか、そういう浅知恵をめぐらせるかもしれない。だからまだ昨日の苦痛と恐怖が鮮明なうちに、心の傷を掘り返して抵抗心を根こそぎ叩きつぶすのだ。

プラットホームを見回すと、毬子の姿はすぐに見つかった。

こんな些細なことにも運命を感じずにはいられない。日曜昼のターミナル駅はひどくごった返していたが、そんな人混みの中でも、卓の目には、彼女の姿がひときわ輝いて見えるのだ。

学園で使っている野暮ったい眼鏡をコンタクトに替え、前髪をリボンカチューシャでまとめた「MARI」の姿。その表情が曇って見えるのは、昨日の体験が彼女の心に影を落としているせいだろうか。軽く握ったこぶしを胸もとにやり、毬子はそわそわと周囲を見回していた。

その姿を遠巻きに眺めながら、彼女宛てにメッセージを送信する。

着信に気付いた毬子はスマートフォンを取り出し――そこに映った画像を目にしてビクンと身体を硬直させる。すかさず音声通話をかけると、寸時もおかず呼び出しに応じた。

「昨日の記念写真だ。よく撮れてるだろう？」

『やめてくださいっ！　困ります……こんな……』

「ずいぶん慌ててるじゃないか。こっちからは毬子の姿がよく見えるぜ。おっと、キョロキョロして、俺を探そうなんて思うなよ？　もし逆らったら……」

『わ、わかってます……ちゃんと従いますから』

「いい子だ。次に電車が来たら、乗車して奥のドアまで進め。そして壁に向かってじっとしているんだ。絶対に振り向くんじゃないぞ？」

それだけを告げて通話を切ると、人混みに紛れながら毬子に近付いてゆく。

ほどなく、ホームに電車が入ってきた。

毬子は車内に乗り込むと、振り向きもせず奥のほうへと進んでゆく。その背後に貼り付くようにして満員の車内に乗り込み、彼女をドア際に追い詰め——。

「声を出すなよ？」

背後から覆い被さるようにして、彼女の耳元で告げる。

白い喉が動き、コクリと唾を飲む音が聞こえた。

それでも平静を装いながら、毬子はじっと真顔で正面を見つめていた。さっきの脅しがよほど効いているのだろう、素直に脅迫に従うつもりらしい。

「振り向くのもだめだ。平気な顔をしていろよ？　周りの連中にばれたら、お前も恥ずかしい思いをすることになるからな」

そう告げるなり、彼女の身体を背後から抱きすくめる。

大柄なメタボ体型はちょうどいい目隠しだ。背後から覆い被さるように身体を寄せると、周囲の乗客からは、毬子の姿なんてほとんど見えやしない。それをいいことに、大胆に指を這わせる。片手はスカートの中に、もう一方の手は彼女の乳房に。

——ああ、なんて柔らかいんだ。毬子……！

十数時間ぶりに味わうその感触に、思わず心が躍る。

乳肉の柔らかさと温かさを楽しみながら、左手で下腹部を撫でまわす。下着越しに恥丘の形を確かめ、クレバスに沿って指を滑らせる。

「……ん、んくっ」

唇をきつく結んだまま、毬子は小さく喉を鳴らした。

「くく……その調子だ。声を出すなよ？」

その従順な姿が、ますます卓を昂《たか》ぶらせる。

背後からすっぽりと抱きすくめられ、目の前にはドアとガラス窓。逃げ場のない毬子を抱きすくめ、その身体をいじくりまわす。割れ目に薄生地を喰い込ませるようにして擦っていると、次第に彼女の秘部が潤みはじめた。

「湿ってきたな。感じてるのか？」

小声で囁きながら、彼女の身体に自分の腰を押し付ける。

毬子が感じ始めているのと同様に、卓もまた欲情を募らせ、ペニスを硬く漲らせていた。ズボンの前を押し上げるそれを彼女の尻に押し付け、スカート越しの割れ目に挟んで軽くしごいてやる。

「あ、あ……うぁ、んんっ……」

背後から抱きすくめられながら、毬子は落ち着きなく身を捩った。

強く噛んだ唇の隙間から、それでも殺しきれない呻き声が漏れ出る。それでも執拗に腰を押し付け、下着越しの秘部をいじりつづける。

「人混みの中でまんこ触られて感じやがって。恥ずかしくねぇのかよ」

「や……だって……それは、違う……」

「ああ。恥ずかしいから、こんなに感じてるんだな。このマゾ女はよぉ？」

そう言うなり、下着の股布をずらして秘部を露出させる。

「あ、あぁ、いやっ……」

二本指で割れ目をくつろげると、愛液がトロリとこぼれた。熱い汁が内ももを伝い、膝のほうまで垂れ落ちてゆく——その感触に、毬子がプルプルと肩を震わせる。

「なあ？　やっぱり、お前はマゾなんだよ」

それは昨日も感じていたことだ。

憎むべきレイプ魔に犯されるという最悪の初体験の中で、彼女はたしかに感じていたのだ。快楽に打ち震え、だらだらと蜜液を垂れ流しながら媚痙攣を繰り返していた膣肉の感触を、卓の指は確かに覚えている。

「二つあとの駅で降りろ。ホームを降りたところに便所がある」

「え、えぇ、あの……？」

「男子のほうの個室に入って待ってるんだ。いいな」

一方的に告げると、卓はその場を離れた。

満員の人並みをかきわけ、強引に別のドアへと向かう。

離れ際にちらりと横目をやると、毬子はじっと真正面のガラス窓を見つめていた。振り向くな。こちらの正体を探ろうとするな。言い含めてやった命令を、ばか正直に守っているのだ。

「君は本当に素直で純粋なんだね、笹岡さん……」

キュッと唇を結んで平静を装う横顔がたまらなく愛おしい。

こんなにも従順で淫乱なマゾ女が、まともな人生を送れるはずがない。きっと彼女は、いつか誰かに犯され、すべてを奪い尽くされる運命だった。その悲惨な未来から、卓が救ってやったのだ。


毬子とは別々に下車して、指定した男子トイレへと向かう。

もともと利用者の少ない駅だ。小汚いトイレ内は無人で、個室のひとつが使用中になっている。正体を隠すための目出し帽を手早く被ると、卓は個室のドアを叩いた。

「俺だ。開けろ」

ほどなくレバー錠を外す音がしてドアが開いた。

すばやく中に入り、内側から鍵をかけ直す。密室になった内部には、居心地悪そうに立ち竦んでいる少女が一人。

「いい子だ」

目出し帽の下でにんまりと笑う。

「逆らうようなら、またお仕置きが必要だったな」

ジャケットの内ポケットからスタンガンをちらつかせると、たちまち毬子の表情が強張った。どうやら、昨日の体験がよほど効いているらしい。

「昨日の続きだ。パンツを脱いで、こっちに尻を向けてみろ」

「そんな……む、むり、ですっ……」

「ん？　ペナルティがほしいのか？」

「ち、違いますっ！　でも……あの……昨日の、まだ、痛くて……きっと、声が出ちゃいます。そしたら人が来るし……見つかったら、困る……」

言葉を探しながら、毬子がたどたどしく訴えてくる。

逆らっているわけじゃない。七時間がかりで味わわせた無力感は、まだ彼女の心に太い杭となって突き刺さっている。だがそれだけに、破瓜の苦痛も記憶に生々しいのだろう。

「なるほどな。つまりお前は、こう言いたいわけだ。このドスケベな爆乳でご奉仕させていただきます……と」

「え、ばく……奉仕……？」

「んん？　パイズリより、まんこを犯されるほうがいいのか？」

「…………!?」

噛み砕いてやると、毬子はようやくこちらの意図に気付いたようだった。

「そ、そうです。あの、おっぱいで……ど、ドスケベな爆乳で、ご奉仕、させてください。

射精……おっぱいで、射精してほしいです……」

卓が口にした言葉を、毬子がたどたどしく繰り返す。

「いいぜ。来な」

トイレの床に毬子を座らせ、自分自身は洋式便座に腰掛ける。

ただ、それだけで射精しそうになる。毬子がマゾの素質を持っているのと同じように、あるいは卓の中にもサディストの資質があるのかもしれない。愛する毬子が目の前で床に跪《ひざまず》いている——それだけでゾクゾクと背すじが震え、射精してしまいそうになる。

だが、それではせっかくの躾が台無しだ。

「さあ、始めてみろよ」

白い陶器製の玉座に腰掛け、眼下の奴隷を睥睨《へいげい》する。

これも毬子のためだ。昨日は彼女に無力感を教えてやった。今日、仕込むのは奉仕と従順だ。卓が主人らしく傲然と振る舞えば、毬子も自分の立場を理解して、ふさわしい態度を取るようになる。

「はい……あ、あの……うぅっ……」

「ぐずぐずしてんじゃねぇよ、今さら、なに恥ずかしがってんだ。お前のデカパイなんざ、昨日、見飽きるぐらい見てんだよ！」

凄みを利かせながら、太ももをコツンと蹴飛ばしてやる。

ようやく覚悟がついたのだろう、毬子はたどたどしく胸のボタンを外し始めた。

ニットとブラウスをはだけ、続いてブラもずらすと、支えをなくした爆乳がたぷりとこぼれた。それを下から掬うようにささげ持ち、膝歩きでにじり寄ってくる。

「あの、それじゃ……始めます……」

次の瞬間、ペニスが心地よい柔らかさに包まれた。

それだけで、天にも昇るような気持ちになる。笹岡さんが、僕のチンポに奉仕してくれている——そう思うだけで、甘やかな悦びがこみ上げてくるのだ。

「上手いじゃねえか。昨日まで処女だったくせに、パイズリのやり方は知ってんだな」

だが、それを声に出したら、せっかくの躾が台無しだ。だから胸中を充たす感動は押し殺し、できるだけ尊大に見下ろしてやる。

「オタ子ちゃんはセックスに詳しいんだな。エロ同人でも見て勉強したのかよ？」

「…………っ!?」

見上げてくるその眼孔に、本気の敵意が篭もっている。

いかにもオタクらしい反応だ。学園でこんな顔をされたら怖《お》じ気《け》づいていただろうが、ここにいるのは気弱でパッとしない大島卓じゃない。粗暴で卑劣なレイプ魔が、手の中の蟷《かま》螂《きり》が振り上げたちっぽけな斧なんかに、どうして気後れするものか。

「そんなんじゃ抜けねえんだよ。その巨乳を左右からギュッと押し付けてよぉ、昨日の処女まんこみたいに締め付けながらチンポをしごくんだよ！」

「あっ、やめっ……ごめんなさいっ……あの……声っ……」

怒声とともに乱暴に頭を揺さぶると、その斧もたちまちへし折れてしまった。いくらここが個室だといっても、トイレには当たり前に人の出入りがある。人に気付かれてしまわないか不安なのだろう。

「バレるのがいやなら続きをしろよ。急いで済ませたいだろう？」

今度は声を潜めて、耳元で囁いてやる。

観念したのだろうか、毬子は言われた通りに乳奉仕を始めた。

左右から圧迫された乳房が盛り上がって深い谷間を作り、卓の巨根がすっぽりと呑み込まれてしまう。

さながら、ゼリーでできた海の底に沈んでいるかのような感覚。深みのある柔らかさが、たまらない水圧でギュウギュウとペニスを締め付けてくる。その心地良さにいつまでも浸っていたくなるが——。

「そのままじゃ、いつまで経っても出ねぇぞ。しごけって言っただろう？」

「んあっ……!?」

彼女の口に指を突っ込み、小さな舌を引っ張り出す。

「つばを垂らしてみろ。お前のエロまんこみたいに、デカパイをドロドロにするんだよ」

「ふあ、あ、ああ……んうっ……」

突き出した舌から垂れるよだれが、白い谷間を艶《なま》めかしく濡れ光らせる。

続きを促すと、毬子はゆっくりと胸を上下させ始めた。きめ細かく滑らかな乳肌が、唾液を絡めてなお滑らかさを増していた。

「あ、あぁ……うぅ……あ、熱くて……硬くて、これっ……」

体内で膨らむ羞恥心に押し出されるように、毬子の口から呻き声がこぼれた。

その掠れ声が、どうしようもないほどにペニスを疼かせる。思わず腰が引《ひ》き攣《つ》れて、暴れるペニスが彼女の乳房をぐちゅりと突き上げた。それを無言の催促だと思ったのだろう、毬子はますます激しくペニスをしごき始めた。ほっそりした指を乳肉に埋もれさせ、両乳房を何度もこね上げる。ぬりゅっ、ぬりゅっ、ぬりゅっ……唾液まみれのぬめらかな乳肌が擦れ、竿やカリ首を甘く痺れさせる。

「ふう、うぅ……」

思わず、長い吐息が漏れた。

それを聞いた毬子は深くうつむき、ますます大胆に乳房を使い始める。

「ずいぶん熱心にしごいてるじゃねえか。そんなにチンポが好きなのか？」

「だって……早く、射精してほしいから……」

「ははっ、そうかそうか。好きなのはチンポじゃなくて、ザーメンのほうか」

毬子はキュッと眉根を寄せ――。

「そ、そうです……出してほしいです」

だがこみ上げる感情を喉もとで呑み込み、ペニスをしごき続ける。へたに逆らうより、従順を装ってやり過ごそうというのだろう。

「もっと激しくだ。昨日、まんこを犯してやったのを思い出せ」

そんな彼女に手を伸ばし、ぴしゃぴしゃと頬を撫でる。

その催促に応じて、毬子はなお乳奉仕を速めた。

胸の谷間に唾液を垂らし、左右の乳房にぬちゃぬちゃと擦り込む。

その汁でぬめらせながら、背中を波打たせ、上半身全部を使って熱心にペニスに奉仕する。ぬりゅぅっ、ぬりゅぅっ、ぬりゅぅっ……温かく柔らかな乳肉が、ペニスの根もとから先端まで何度も擦り上げる。

「いいぞ、うぅっ……その調子だ……」

心を慰撫し、ペニスをとろけさせるかのような愛戯だった。

どこまでも沈んでゆきそうな深みのある柔らかさが心地よい。左右から寄せられた乳房がギュウウッと圧迫してくるし、なめらかな乳肌がペニス表面を舐めるように、ぬらぬらと流れていくのがたまらない。それになにより、足下に跪き懸命に奉仕している毬子の姿を見下ろしていると、牡の支配欲が充たされてゆくのを感じるのだ。

「うまいじゃないか。セックスの素質があるんだな」

言葉の鞭で打ち据えてやると、毬子は深くうつむいた。

「セックスに興味があったんだろう？　コスプレして、動画配信して、男どもにちやほやされて上機嫌だったんだろう？　夢が叶ってよかったじゃねえか」

その伏せた顔の下で、彼女はいったい、どんな表情を浮かべているのだろう。

はあぁ……ふうぅ……熱っぽい吐息が聞こえる。その声をかき消すように、ぬちゅぬちゅと濡れた肌の擦れる音が鳴る。二人きりの個室の中で、それらがやけに大きく響いて感じられる。

「今だって興奮してるんだろう？　見てればわかるぜ」

「なっ……ちがっ……!?」

からかい半分だったが、卓の一言は毬子をひどく狼狽させたようだった。

「興奮して耳まで真っ赤じゃねえか。それに、さっきから腰をもぞもぞさせやがってよぉ。本当はそのデカパイじゃなくて、まんこでチンポを味わいたいんだろう？」

「…………っ」

言い返すでもなく、毬子は黙ってペニスへの奉仕を続ける。

だがその一言がよほど効いたのか、耳や首すじのあたりが、本当にほんのりと赤らみ始めていた。

「お前の配信に群がってた連中だって、みんなお前のデカパイで、こういうことをさせたがってたんだ。遅かれ早かれ、お前は誰かに犯されていただろうよ。たまたまそれを最初にやったのが俺だったってだけの話だ」

「やめて……やめてください。ひどいこと、言わないで……」

か細い声で訴えながら、それでも毬子は手の動きを休めない。それればかりか彼女の肌はますます上気して、呼吸も乱れてきているようだった。

——笹岡さん。君がこんなに淫らな女の子だったなんて……!

その姿に気を呑まれ、深いため息をつく。

こみ上げる快感に、ペニスの根もとあたりがヒクヒクと疼いた。

「あ、あぁ、これっ……射精っ……!?」

昨日、何度も膣内で味わわせてやった射精の前兆だ。

そのことに気付いた毬子が、一瞬、身体を強張らせる——その直後、肉竿が激しく脈動した。強烈な快感が尿道を駆けあがり、柔らかな乳肉の狭間に埋もれたペニスが、さながら高圧ホースのように跳ねまわる。グイッと突き上げた拍子に胸の谷間から亀頭が顔を出し、直後、赤黒い先端から白濁した汁が噴き上がった。

「あ、うあぁっ、あ、あぁ、出てるっ……うぁ、たくさんっ……」

びゅっ、びゅぴゅっ、どぷぷるぅ——ペニスが暴れ、大量の牡汁が毬子の肌を叩いた。額。

頬。胸もと。鎖骨。前髪。熱く粘っこい汁が彼女に淫猥な化粧を施してゆく。

「はぁ……ふぅ……なかなか、具合のいい乳まんこだったぜ」

　人並みはずれた巨乳を射精の道具に使い、ＭＡＲＩの整った美貌を精液の受け皿にしてやった。それは膣内射精とは、また違った充実感だった。

「こ、これで、満足ですか……？」

「へへへ……いい顔になったじゃねえか」

　そんな彼女の髪の毛を掴んで、むりやり上を向かせる。

　べったりと牡汁にまみれた顔を真正面から見つめてやると、毬子は眉根を寄せ、唇をわななかせながらこちらを見返してきた。

　もう許してください——。

悲痛な瞳がそう訴えている。

そんなに辛いなら、なぜ本気で抵抗しないのだろう。

両親に相談してもいい。警察に行ってもいい。電車の中で大声を出すことだってできた。だけど彼女は根本的な解決よりも、レイプ魔の脅迫に諾々《だくだく》と従うことを選んだのだ。いつも部室で微笑んでいた笹岡さんはそんな女じゃなかった。生配信で男どもにもてはやされる心地良さが、彼女の倫理感を歪めてしまったのだろう。

「俺のチンポにキスしろ。今日のところは、それで終わりにしてやる」

そう告げると毬子は困惑したように視線を泳がせ——だがすぐに観念して、亀頭に唇を寄せてきた。最初はこわごわ啄《ついば》むように。だが何度かキスを繰り返すうちに腹が決まったのか、丁寧な舌遣いで精液を舐め取り始める。

——大丈夫だよ。それでも僕は、決して笹岡さんを見捨てないからね……。

そのぬらつく舌の感触に浸りながら、卓は二人の未来に思いを馳せるのだった。

◇

毬子がひさびさに部室に顔を出したのは、運命の初体験から五日目のことだった。

彼女の隣には錦戸が貼り付き、向かいには他の男子部員たち。卓はといえば、部屋のすみのパイプ椅子に腰掛けてスマートフォンの画面を眺めている。

「心配したよ。しばらく部室に来てなかったから」

自分専用の液晶タブレットで落描きをしている毬子に、錦戸が上機嫌に話しかけた。

「笹岡ちゃんが来ないと、せっかくの液タブが無駄になっちゃうからね」

「そうですね。せっかく買ってもらったのに、すみません……」

「で、今日はなに描いてんの？　コミパ合わせの原稿？」

「…………ッ！」

錦戸が身体を寄せて画面を覗き込むと、毬子は弾けるように身体を避けた。

あからさまな拒絶に錦戸が息を呑む——と、その強張った空気をむりやりほぐそうとするかのように、向かいの席に座っていた喜多見が口を挟んできた。

「ところでさ、笹岡さんのこと、いつまでも名字呼びってよそよそしくない？」

「ああ、そうだな。うちらのサークル、基本、下の名前かニックネームだもんな」

すかさず、もう一人の男子部員、楠田も話題に乗っかってきた。

コミュ障気味のオタクどものくせに、するすると話が進んでいるのが気にかかる。きっと予《あらかじ》め、男子部員同士で示し合わせていたのだろう。

「だな。じゃあ、これからは笹岡ちゃんのことは、毬子ちゃんとか……そうだな、マリちゃんって呼ぶことにしようか。それでいい？」

「は、はい……」

なれなれしく身体を寄せてくる錦戸に、毬子はぎこちなく答えた。

「ふう……ったく」

そんな彼らの横で、卓が聞こえよがしなため息をつく。

話の腰を折られた錦戸が、露骨に不満げな視線を向けてきた。

いつもの卓なら、たっぷりの悪意を込めたその視線に気後れしてしまうところだ。

だが今日は、少し気が大きくなっている。卓は先日、毬子と結ばれ初体験を終えたばかり。その体験が自信を裏支えしているのだ。

「あのな、錦戸。前々から気になっていたんだが……」

笹岡さんは今、プライベートで辛いことがあって苦しんでいる。

身のまわりにいる男性すべてに、恐怖と不信感を抱いているのだ。だからこのところ部活を避けていたのだし、今日も液タブの画面を見つめるばかりで、部員たちの誰とも目を合わせていない。そんなことにも気付いていないだなんて、余りにも察しが悪すぎる——。

『大島先生、大島先生、お電話が入っております。事務室までお越しください……』

無神経な彼らに釘を刺しておこうと口を開きかけたところで、スピーカーから呼び出しが聞こえてきた。

「呼んでますよ？」

錦戸が露骨なにやにや笑いを浮かべる。

今までにも何度かやられたことがある。きっと男子部員の一人が部室を抜け出して、学園の事務室に卓宛ての電話をかけたのだ。

「ああ。わかってる」

立ち去り際、ちらりと毬子のほうに目をやった。

彼女は相変わらず、黙って液晶タブレットに視線を落としていた。

なれなれしく絡んでくる錦戸を窘《たしな》めてやった——そんな親切も、きっと彼女は気付いていないのだろう。下心満載のカメラ親父や男子部員たちを、毅然《きぜん》と突っぱねられない。そんなふうだから、あんなかわいそうな目に遭ってしまったというのに。


毬子と再会したのは、その日の夜遅くのことだった。

「こ、困ります。こんな時間に」

「ああ？　文句でもあるのかよ」

「だって、お母さんにへんに思われます……」

「そりゃお前の都合だろ？　知ったことかよ」

夜の公園に、二人の声がやけに大きく響く。

この自然公園は、駅から遠いせいもあって、夜になるとほとんど利用者がいなくなる。だから、正体を隠さなくてはいけない卓に都合がいい。目出し帽姿で女子校生を連れまわしているところを誰かに見られたら、毬子の躾どころではなくなってしまう。

「今日はお前さんに、大好きなコスプレをさせてやろうと思ってな」

そう言うなり、彼女に紙バッグを差し出す。受け取った毬子は中を覗き込み――。

「これをつければいいんですか……？」

「ああ、そうだ。素っ裸になってな」

「え、えぇ……そんなっ……!?」

「メス犬のコスプレだ。犬が服なんざ着てたらおかしいだろう？」

紙バッグに入っていたのは、真っ赤な首輪に、ふさふさの犬耳と犬しっぽ。それを身に着けて、メス犬になった毬子を引きまわしてやろうというのが今夜の趣向だ。

「こっちには写真があるんだぜ？」

毬子はたじろぎ、紙バッグをクシャッと握り締めた。

「お前のハメ撮り写真を、住所氏名付きで世界中に拡散されたいのか？　どうするんだ、はっきり答えろよ。なぁ！」

「ひっ……ご、ごめんなさいっ……!?」

レイプ魔の脅迫など突っぱねて警察に届け出る――。

彼女はそうすべきだった。だが暴力と脅迫に負け、最初の一歩を踏み間違えたのだ。破滅の崖を踏み越えてしまった以上、あとは谷底まで転げ落ちるしかない。電車での痴漢プレイも、駅のトイレでのパイズリも。

「あの……あの、あんまり、見ないでください……」

こうして夜の公園で、丸裸になることだってだ。

街灯の明かりが、スポットライトさながらに毬子の姿を照らし出していた。

さながら、卓専用のストリップショーだ。毬子はそわそわとあたりを気にしながらブレザーを脱ぎ、ブラウスのボタンに手をかけたところで動きを止め——。

「早くしろよ、こっちはさっきからチンポ勃《た》てながら待ってんだよ！」

だが大声で急《せ》かすと、ついに覚悟を決めた。ブラウスとスカートを、次いで下着も脱ぎ去って一糸まとわぬ姿になる。

蛍光灯に照らされた肌が、普段よりもなお白く宵闇に浮かび上がっている。さらに犬耳カチューシャをつけ、赤革の首輪を嵌め、尻尾型のアナルプラグを手にしたところで、毬子は困惑の表情を浮かべた。

「じれったいな。こうするんだよ」

「くあぁっ⁉」

それを奪い取って肛門にねじ込んでやると、毬子はガクガクと膝を震わせた。

いずれこの穴もペニスで犯してやることになるだろう。だが今日の目的は、服従心と上下関係を毬子の心に刻み込むことだ。

「ははは……メス犬らしい姿になったじゃねえか。おすわり」

「…………」

「聞こえなかったのか。おすわりだよ！」

「ひっ、あのっ……大声、だめ……言うこと聞きますから」

しきりにあたりを気にしながら、毬子はそろそろと腰を下ろした。

丸裸で割り座になり、両手を地面についたその姿は、まっしく牝犬そのもの。その姿を見下ろしていると、腹の底あたりがゾクゾクと震えてくる。

「さて、そこらを一回りするか」

「や、やだ……だめ……誰かに見つかったらっ……⁉」

「ああ？　躾のなってねえワン公だなぁ」

ぐずる毬子を無視して、首輪に繋がるリードを引っ張り歩き始める。

毬子は四つん這いのまま、のそのそとそのあとをついてきた。

その哀れで従順な姿が、たまらなく興奮をかき立てる。自分のすぐ隣に四つん這いで付き従う毬子の姿を見ていると、ズボンの前が突っ張って、卓のほうまで不自然な歩き方になってしまう。

「よく似合ってるぜ。お前も、メス犬の格好が気に入ってるみたいだな。まんこがびしょ

濡れになってるぜ」

「そんな……ち、違い、ますっ……」

指摘されると過剰に意識してしまうのだろう、歩き方がへんにぎこちなくなる。

しきりに内ももを擦り合わせたり、尻をもじつかせたり——そのたびに肛門に突き立てた犬しっぽが、大きく左右に揺れていた。そんな彼女を牽《ひ》きまわしながら園内の遊歩道を半周ばかりしたところで、卓はふと足を止めた。

「ちょっと公園の外にも出てみるか」

「だ、だめですっ……!? それは……本当に、だめ……!」

「ああ? 逆らう気か?」

ジロリと睨み付けるが、それでも従う気配はない。

街灯に照らされた顔が、今までにないほど青ざめていた。

今はこのあたりが限界だろうか。

大切なのは、彼女が「素直に従ったほうがいい」と思えるぎりぎりの線を見極めることだ。ほとんど無人の公園内ならまだしも、いつ通行人とすれ違うともしれない公道を裸で連れまわされるのは、さすがに耐えられないのだろう。とはいえ、逆らった彼女には相応のペナルティを与えなくてはならないが——。

「ちがいますっ……あのっ……あの、だから……こ、この前みたいに、しますから……」

卓が思案していると、毬子は四つん這いのままぎこちない媚笑を浮かべた。

「この前？」

「はい。駅のトイレのときみたいに……む、胸で、ご奉仕したいです」

つまりそれが、必死に考え出した浅知恵なのだろう。

スタンガンで痛めつけられるくらいなら、処女を奪われたほうがまし――そうして抵抗を諦めたときと、なにも変わっていない。公園の外に連れ出されるくらいなら、自分から男根奉仕を申し出たほうがいい、というわけだ。

「胸で、アレを……あの、おちんちんを、射精させたいです。この前みたいに……ご、ご主人さま？　の、精液を……ドスケベな、爆乳で……射精、してほしいです……わん」

彼女は卓の足下に這い寄り、裸の肩をしきりに擦りつけてきた。

作り笑顔がぎこちなく引き攣っている。がらにもない言葉や表情で媚を売る必死すぎる様子に失笑しそうになるが。

嘘みたいだ。笹岡さんが、僕のチンポをおねだりしてるなんて――！

だがそれでも、胸中にはこらえがたい感慨がこみ上げてくる。

「まるっきりメス犬だな。恥ずかしくないのかよ？」

「わ、わん……」

「ふん。盛《さか》ったペットの面倒も、飼い主の仕事だからな」

本当なら今すぐ組み伏せて、その牝穴を犯してあげたい。

だが、せっかく彼女のほうから奉仕を申し出たのだ。激しい挿入衝動を堪え、ズボンのジッパーを下ろして牝犬の鼻先にペニスを突きつける。

「よし、舐めていいぞ」

「えっ、あの……胸、じゃなくて……？」

「何度も言わせるな。わんころみたいに、ペロペロ舐めて上手に甘えてみせろ。犬なんだから、手は使うなよ？」

眉間に皺を寄せながら、毬子がじっとペニスを見つめる。

きっと戸惑っているのだろう――だがクイクイとリードを引っ張って促すと、ようやく観念して、おずおずと舌を伸ばしてきた。

「くく……どうだ、チンポの味は」

「はい、あの……しょっぱいです、わん……」

両手を地面についたまま、毬子は素直に答えた。

地面にお座りしながら舌を突き出し、亀頭をぴちゃぴちゃと舐めまわす。

亀頭の丸みに沿って、舌先を滑らせるような舐め方だ。きっとこの前、パイズリ射精後のペニスを舌掃除させられたときのやり方を思い出しているのだろう。亀頭粘膜の表面を拭うような、優しい舌遣いも気持ちいいが……。

「そんなんじゃ、いつまでも射精できねえぞ。朝までしゃぶってるつもりかよ？」

「でも、この前は、こんなふうに……」

「いいかぁ？ 今、お前の口は俺用のまんこなんだよ。処女を奪ってやったときと同じように、根もとまでずっぽり加えて、チンポを締め付けるんだよ！」

「ふあ、あ、あぐっ!?」

だが今は、もっと激しい快感がほしい。

裸の尻を振って散歩する牝犬の姿に、さっきからずっと勃起し通しだったのだ。だのに、そんなお上品ぶった舌戯でがまんできるわけがない。毬子の頭を掴んで腰を突き出すと、亀頭が心地よい温かさに包まれた。そのままグイグイと唇を押し割り、彼女の口内にペニスを押し込んでゆく。

「ふあぁ、あぁ……んう、んくっ……」

毬子が困ったように見上げてくる。

心地よい口腔だった。ぬめらかな舌。トロリとした唾液。口内体温の熱さ。ペチャリと吸いついてくる柔らかな感触は内頬の粘膜だろうか。ぽかんと開いた唇の隙間からヒュッ、ヒュッ、と不器用に息を継ぐたび、吹き抜ける呼気が唾液まみれの亀頭をヒヤリと撫でてゆく。

「お前の口をまんこみたいに使うんだ。チンポに吸いつきながら、振ってしごくんだよ。歯をたてたら承知しねえからな」

　言い終えると同時に、腰を突き出してコツンと喉奥を叩いてやる。

　急かされた毬子が、おずおずと口唇奉仕を始めた。

　ずっぽりと口腔に嵌まり込んだ亀頭に戸惑いながらも、言われた通りに吸いつき、頭を振り、しごく。立ち上るカウパー臭にあてられたのだろうか、大量の唾液が染み出し、彼女の首振りのたびにぢゅぽぢゅぽとはしたない音が鳴る。

「は、んん……んう……はうっ……はふ、んっ、んむっ……」

　大きく口を開いて深くペニスを呑み込む。肉竿の半《なか》ばあたりまで咥え込んだら、今度は唇を小さくすぼめる。そうして強く絞り上げながら、頭を引いて唇の輪で竿の部分を逆撫でしてゆく。最初はぎこちなく。だが、二度、三度ばかり繰り返すと、たっぷりの唾液がペニスに絡み始めた。そのぬめりを利用して、唇をぬらぬらと滑らせながら肉胴を刺激してくる。

「うまいじゃねえか。セックスに関することは、覚えが早いんだな」

　その快感に膝が砕けそうになり——だがそれでも、平気な顔をして毬子を見下ろす。

　キュッとすぼめた唇は、数日前に味わった処女膣さながらに強く締め付けてくる。よく潤み、よくぬめり、火傷しそうなほど熱く、舌が複雑に蠢《うごめ》いてペニスに絡みついてくる淫猥な口内。その上、牝犬姿で地べたにおすわりをしている従順そのものの姿がたまらなく

卓を昂《たか》ぶらせる。

「はふっ……はぅ、んん……はぁ、んう、んむっ……」

毬子のほうも、少しずつ口戯に慣れ始めたようだった。

ちゅこっ、ちゅこっ、ちゅこっ、ちゅこっ……繰り返し粘液音が鳴る。

両手は使わず、首だけを使って器用に前後させる。その刺激がカリ首に届いた瞬間、快感の波がゾワリと背骨を駆けあがってきた。

「おおおっ⁉　いいぞ……お前の口は、もうまんこと同じだな。くそっ……エロい顔でチンポ咥え込みやがって！」

遡上する唇がカリ首の裏側に引っかかり、ズルリと擦られるのがたまらない。

その強烈な刺激が、毬子の首振りのリ

ズムに合わせて、二度、三度、四度……立て続けに襲ってくるのがたまらない。思わず膝が抜けそうになり、目の前にしゃがみ込んでいる毬子の頭を掴んで、よろけた身体を支える。

「もうすぐだ、毬子……歯を立てるんじゃねえぞ」

そんな醜態を隠すべく、わざと横柄に毬子に告げる。

自分は冷酷なレイプ魔だ。牝犬を飼い慣らした「ご主人さま」だ。だのに、初めて味わうフェラチオの快感で腰砕けになってしまうなんて、あっていいわけがない。そのまま毬子の頭を取っ手がわりに、自分から腰を振り始める。

「ご主人さまのおいしいチンポだぞ。ありがたく味わえよ、マゾ犬っ！」

「んぉっ⁉　うあっ、あっ、あぐっ……んぐ、苦しっ……おっ、うあっ⁉」

ぢゅぽっ、ぢゅぽっ、ぢゅぽっ……激しい汁音が鳴る。

強烈なイラマチオが口内を撹拌し、掻き出された唾液が胸もとまで垂れ落ちる。

ペニスを深く突き込むと、亀頭先端にコリコリした喉肉が触れた。喉奥を抉られた毬子は小さく咳き込み、反射的に仰け反り――その逃げる頭を鷲掴みにして、再び喉奥まで突き込んでやる。

「許ひへ……のど……んぐっ……く、苦し……ごっ……んくっ、ぐっ、くぎゅっ……」

奥深くを抉り込んでやるたびに、押し潰された喉管から、声とも音ともつかない淫音が漏れる。

釣られて卓のほうも、おおっ、おおっ、と獣じみた吠え声をあげる。

吠えながら、なお激しく腰を振る。まるで本当に、自分が粗暴で冷酷なレイプ魔になってしまったかのような気分だった。もちろんこれは、ただのお芝居だ。毬子を嬲っているのだって、二人の幸せな将来のために必要なステップなのだ。本当の自分は、女の子を牝犬扱いするような人間のクズじゃない——だが、あまりにもいたいけな毬子の姿が、牡の蛮性をかき立てるのだ。

理性ではどうしようもない衝動に追い立てらながら、毬子の頭を揺さぶる。

彼女の口腔は、ペニスを慰撫するために作られた淫器官だ。でなければ、こんなにも唇が心地よく締め付けてくるはずがない。舌がぬとぬとと絡みついてくるはずがない。内頬。口蓋。唾液。喉穴。彼女の口内のすべては、ペニスに奉仕するために作られている。その淫らな牝穴がもたらす快感の一片も逃すまいと、激しく腰を振りたてる。

「ふぁ……あ、おぐっ……ひぬ……死んらう……たひゅ。げへっ……」

彼女の顔面に腰を叩きつけるたび快感が高まり、一方、毬子はおとなしくなってゆく。

今や毬子は従順に顔を突き出し、されるがままに喉穴を差し出すばかり。頭を揺さぶってやるたびにガクガクと上体が揺れ、白い乳房がたぷたぷと跳ねまわる——。

「出すぞっ、全部飲めよ！」

そんな彼女に吠え声を叩きつけるなり、ごづん、とひときわ強く喉穴を抉る。

直後、脈動がペニスを駆けあがった。びゅくっ、びゅくくっ、どぷ、ぼびゅるっ……肉竿が脈打ち、白濁汁が口腔内にぶちまけられる。熱精が舌や内頬を灼き、口腔から鼻腔へと駆けあがった精臭が、毬子の頭をガツンと殴り付ける。初めて味わう口内射精の衝撃に毬子は目を白黒させ——その困惑の最中にある彼女に、どぷ、どぷ、どぷり、と最後の一滴まで牡液を注ぎ込んでゆく。

「ふう……なかなかいい口まんこだったぜ」

まだ陰嚢のあたりがじんじんと痺れている。

毬子のマゾ犬っぷりにあてられたのだろうか、まるで二回分、三回分ぐらいまとめて吐精したかのような、激しい射精体験だった。毬子はといえば、地べたにへたり込んだまま、困ったように両手で口もとを押さえている。

「飲めって言っただろ?」

太もものあたりをコツンと蹴飛ばして急かすと、毬子はようやく観念した。こくん……こく、こくん……白い喉を何度も鳴らしながら口内を充たす牡液を飲み干してゆく。

本当に飲んでくれてる……僕のザーメンが、笹岡さんの身体の一部になるんだ——!

胸中に熱いものがこみ上げ、多幸感で目眩すら覚える。

その感動が、射精したばかりのペニスを再び漲らせる。

リードを牽いて目の前にへたりこむマゾ犬を立たせると、その秘部に手を伸ばす。

ペニスをしゃぶりながら、自分自身もずっと感じていたのだろう。被虐の甘みを覚えた牝穴から、熱い蜜がトロトロと垂れ落ちている。

「さて、このまま、次はまんこのほうに――」

「………っ⁉」

瞬間、毬子の表情が凍り付いた。

「どうした、逆らうつもりか？」

「ち、違いますっ……でも、怖くて……」

毬子の声音が震えていた。

どうやら本当に怯えているらしい。このまま力任せに犯してやることもできるが――。

「来週、金曜の夜だ」

「えっ……あの……」

「今日は口まんこだけで勘弁してやる。次はそうはいかねえぞ。ザーメンの味を思い出しながら、いつハメられてもいいようにオナって慣らしておくんだ。いいな？」

きっと、ここがぎりぎりの一線だ。

逆らって痛い目に遭わされるよりは、言いなりになったほうがいい――そう彼女が思える限界ライン。重要なのは、むりやりその線を踏み越えさせることじゃない。少しずつ、少しずつセックスに慣らして「ぎりぎり」の基準を引き上げてゆくことだ。最初はスタジオで。次はトイレの個室の中で。今夜は夜の公園で――。

「いやなのは今のうちだけだ。どうせすぐ、野外でも街中でも、平気でチンポをほしがるようになるさ」

「…………」

「不満か？」

毬子は目を合わせようとせず、キュッと唇を噛んだ。

「すぐそうなる。お前はそういう女なんだ」

内気で生真面目な毬子と、マゾ性に目覚め始めたＭＡＲＩ。

きっと今、彼女の中で相反する気持ちが渦巻いている。

だけど、それは卓も同じだ。

毬子をとことんまで犯しぬきたい。だが心のもう半分では、毬子のことを、どんなに汚されても汚しきれない高潔な聖女であってほしいと願っているのだ。

◇

このところ、笹岡毬子の様子がおかしい――。

そのことに気付いたのは、彼女のクラスの副担任だった。いつもより、ほんの少しだけ口数が少ない。ほんの少しだけ表情が翳ってみえる。そんな微妙な変化に気付く繊細さは、さすが女教師といったところだろうか。

『大島先生は漫画研究部の顧問でしたよね？　笹岡さんのこと、気にかけてあげてください。なにか気付いたことがあったら、私のほうにも連絡をおねがいします』

彼女はそう告げたあと、考えすぎかもしれませんけどね、と付け加えた。

あの年頃の女子は気分屋で、なんでもないことでふさぎ込んでしまうのも、よくあることですから——と。

その日の放課後、卓は毬子を生徒指導室に呼び出した。

「なにかご用ですか……？」

大島卓として、二人きりで話すのは前回の屋上以来だ。

なるほど口数が少ないし、表情もどこか沈んでいる。少し怯えているようにも見えるが、それはきっと、男性全般への恐怖心のせいだ。あのレイプ魔と卓が同一人物だなんて疑ってすらいないように見える。

「副担任の先生が心配していたよ。なにか悩みごとでもあるんじゃないかって」

卓が切り出すと、毬子は無言のまま視線を伏せ——。

「事情はわかってる。ネット活動の件だろう？」

「えっ⁉」

次の瞬間、彼女は眼鏡の下の両眼を見開いて見返してきた。

「この前、屋上で笹岡さんの趣味を頭ごなしに否定してしまったからね」

「あ、ああ……そのことですか……」

「本当に悪かったと思ってる。誰にでも大切な領域ってのはあるからね。僕も学生のころは、親や教師の無理解に傷ついていたよ。そのことを忘れてしまっていたみたいだ」

彼女は小さく背中を丸めて、安堵のため息をついた。

以前から控えめだった彼女だが、そういえば最近は、猫背でうつむいている姿を見ることが多いように感じる。今まで自分の乳房に周りの男たちがどんな視線を送っていたのか、身を以て知ってしまった今では、普通に振る舞うことすら恐ろしいのだろう。

「まだ、個人撮影会は続けているの？」

「いえ、最近はあまり」

「笹岡さんに連絡してくるアマチュアカメラマンの全員が全員、下心で近付いてくる悪い連中だって言っているわけじゃないよ？　きっと彼らのほとんどは、純粋に写真が好きないい人なんだろうし、学園では知り合えない幅広い友達を持つのは悪いことじゃない」

「はい……」

「でもね。その中の百人に一人、千人に一人ぐらいは、笹岡さんみたいな若い女の子と知り合って、イタズラするのが目的の人がいるかもしれない」

「…………っ⁉」

「運悪くそういう悪い人と出会ってしまったら、笹岡さんの人生が台無しになってしまう。むりやり裸の写真でも撮られたら、もう取り返しがつかないよ。一生そいつに脅されて喰いものにされるしかない。僕はそれを心配しているんだ」

「そう、ですよね……」

「その先の人生ぜんぶがだめになってしまうと思えば、たとえ百分の一、千分の一の危険でも、避けたほうがいいと思うんだ。ＳＮＳ時代の若い子からすると、そこまでネットを警戒するのは、古い考え方に思えるかもしれないけどね」

親身を装った言葉をかけるたびに、毬子の表情が強張ってゆく。

彼女は素直で、善良で、だが愚かな女の子だ。あの日、屋上でかけてやった言葉を、今さらのように反芻しているのだろう。大島先生は正しかった、言う通りにしていればよかった――と。

「あの、先生……実は……」

「ああ、そうだ。笹岡さん」

彼女が口を開きかけた瞬間、その出鼻をくじいてやる。

「もしかして最近、夜更かしとかしてる？」

「……し、してませんっ！」

「そう？　ならいいけど、疲れてるみたいだったから」

露骨に狼狽する姿を見て、心の中でほくそ笑む。

一通りの話を終えて毬子を帰すと、卓はポケットからスマートフォンを取り出した。

液晶画面の中には、彼女の「夜更かし」の理由が映し出されている。

『み、見て、ください……おまんこ、拡がってます。中に、指が入ってます。あなたの、オチンポを思い出して……あっ……あっ、あんっ……それで、ぐちゅぐちゅって、中をかき回して……あっ、おまんこの、音が鳴ってます……濡れちゃってててっ……！』

画面の中のMARIが身に着けているのはパイピング型のスクール水着。それを着て大股開きになり、股布をずらして秘部をいじくりまわしている。

片手にスマートフォンを持っているのは、卓からの指示を聞くためだ。クリトリスに触れ、割れ目を指で開け、膣内に指を挿入しろ——電話越しの指示に従ってオナニービデオを撮影し、動画を送信するのだ。

この一週間、毎晩のようにそんなことを繰り返させている。

最初はぎこちない手付きで、クリトリスを撫でまわすのがせいぜいだった。

だが電話越しに指示を出しながら二度、三度と自慰絶頂を体験させ、今では膣口に深々と指を挿し入れてかきまわすことまで覚えさせた。目的は膣挿入への恐怖感を取り除くこ

と、そして彼女にとっての「ぎりぎり」のラインを引き上げることだ。

先日の公園で約束した、金曜の夜まであと一日——。


女の子の部屋って、いい匂いがするんだな——。

秘肉の蠢きをペニスで感じながら、ふとそんなことを思う。

愛する毬子の部屋で、彼女と過ごす二人きりの夜。リクライニングチェアの背もたれをいっぱいまで倒し、卓は目出し帽姿で仰向けに寝転がっていた。

その腰を毬子が跨ぎ、背面座位の姿勢で深々とペニスを咥え込んでいる。

ひさびさに味わう膣粘膜の感触に、ぞわりと腰のあたりが震えるのを感じた。

毎晩の自慰強制が効いているのだろうか、処女を奪ったときよりも、膣肉がほどよくほぐれ、濡れやすくなっているような気がする。中イキの快感を覚えたばかりの牝穴はひどく貪欲で、ペニスの熱と硬さを嬉しがるかのように、ざわざわと蠢いて硬竿を撫で回してくるのだ。

金曜日、夜二十時。

ＭＡＲＩは、いつもこの時間にライブ配信をしている。「週末は共働きの両親が二人とも帰りが遅くて、配信中に邪魔が入りにくいから」というのがその理由だ。それを利用して、毬子の家に上がり込んだのだ。

「あの……本当に、やるんですか……？」

真下から膣穴を貫かれながら、毬子はおずおずと尋ねた。

「いやなのか？」

「だって、こんなの……絶対にバレちゃいます……」

「頭が悪い女だな。うまくやれば見つからないかもしれないだろ？　でも、俺に逆らって機嫌を損ねちまったら、お前のハメ撮り画像が、確実に日本中にバラまかれるんだぜ？」

「んあっ⁉」

軽く腰を揺すって子宮口を刺激してやると、毬子は大げさに背骨をくねらせた。体重をかけて深々と繋がっているこの体位はどこにも衝撃の逃げ場所がなく、快感が一直線に脳天まで響きわたるのだ。

「ほら、そういうのだ。お前がそういうエロ声を出さなきゃいいんだよ」

もうすぐ、毎週のライブ配信の時間だ。

机の上にはマイクとノートＰＣ。小型のＣＣＤカメラは事前に何度も画角を確認して、卓の姿が映り込まないように調整してある。

初体験の日、毬子にハメ撮りを体験させた。

自分で自慰動画を撮影することにも慣れさせた。

そして今夜、毬子にセックスをしながらの生配信を納得させたのだ。

「もっとも、お前が淫乱すぎて、チンポを嵌められると、どうしてもエロ声がガマンできないってんなら話は別だけどな。どうするよ？」

「……配信を始めます。おかしなイタズラはしないでください」

こういう言い方をすると、毬子は逆らえない。ただ脅され、仕方なく従わされているだけ。自分が淫乱なマゾ女だということを、まだ認められないのだ。

「こんにちは。『オタ女がコスプレでがんばってしゃべってみます』のコーナーです」

毬子の声音が変わった。

学園での内向的なおたく少女とも、卓だけが知っている被虐体質のマゾ女とも違う声。華やかな美貌で何千人ものフォロワーを魅了する生主、ＭＡＲＩの声だ。

『はじまた』

『８８８８８８８８８８８』

『ＭＡＲＩたん今日もカワイッシモ』

手にしたスマートフォンの画面を、フォロワーたちのコメントが流れてゆく。

こいつらが、毬子を歪めた元凶だ。

おどけてネットスラングなど使っているが、きっとどいつもこいつも、くたびれた中年親父だったりするのだろう。女がほしければ風俗遊びでもしていればいいものを、二十年も歳が違う女の子相手に、恋愛気分を楽しんでいるというわけだ。

お前たちが夢中でシコってるオナペットは、今、俺のチンポをうまそうに咥えてるぜ――ネット回線の向こうにいる連中に心の中で語りかける。抱きたかったんだろう？　時間をかけて信用させればヤれると思ったんだろう？　だけど、もうお前らにそのチャンスはこない。毬子の身体は俺のものだ。笹岡さんは僕が守ってあげるんだ――。

「今日のコスプレは、先月までやっていた……あっ……!?」

　心の昂ぶりがペニスを疼かせ、毬子が敏感に反応する。

『とちってるMARIたんかわいすぎくっそ萌えた』

　すかさず画面に合いの手が流れる。きっと毬子に自分の存在を認知してもらいたくて、血眼になってタイピングしているのだ。このくだらないたわごとも、本人にしてみれば気の利いたコメントのつもりなのだろう。

「えっと、あの……応援のコメントありがとうございまーす！　今日はちょっと調子悪くてたくさん噛んじゃうかもだけど、許してくださいね。あ、似合ってますか？　ありがとうございます。制服かわいかったから、自分で……んっ……」

そんな下衆い連中に、調子よく応じている姿が、なんだか苛立たしい。

「自分で、作ってみました。けっこう……ん……大変だったんですよー？」

ゆったりと腰をうねらせると、毬子の声音も揺らいだ。

まっすぐ背中を伸ばし、カメラを見つめたまま、毬子は卓の脚に触れた。

やめてください、バレちゃいます——縋《すが》るような指先がそう言っている。

それを無視して、彼女の膣内をぬちぬちと刺激する。派手にピストンするのではなく、椅子のロッキング機能を使ってゆったりと腰を揺すってやるのだ。深々と突き立てたペニスに触れているのは、彼女の子宮口だろうか。たしかこのあたりには、ポルチオ性感帯ってやつがあるはずだ。そこに亀頭を押し付け、ぬちっ、ぬちっ、ぬちっ、ぬちっ、と断続的に圧《お》し潰《つぶ》してやる。

「う、ん……今日はどうしましょうか。みなさんに会いたくて、ノープランで番組を始めちゃったので……」

そのリズムに合わせて、毬子の声音が揺れる。

配信に群がっている連中も、この理性と快感のビブラートを聞いているのだろう。毬子をあえがせているのは俺だ。やつらがほしがった肌も、乳房も、膣穴も、すべて俺が独占している。そう思うと、優越感が募り、ますますペニスが熱く、硬く漲ってゆく。

「具合悪そうですか？　実は私……今日、朝からずっと、あの……風邪気味みたいで……」

その変化を感じているのだろう、毬子の声音も熱を帯びてゆく。

画面に映っている毬子の顔も、ふだんより血色を増しているように見える。卓が腰を揺すると毬子の身体もふらつき、指先がカリカリと机の天板を引っ掻く。

『お熱のＭＡＲＩちゃん艶っぽい』

そんな様子に反応して、コメントがまた数件。

「えっと、ツヤっぽい……ああ、『色っぽい』ですね。えっ、目が？　潤んで？　もー、からかわないでください。男の人って、そういうのが気になるんですか？」

膣穴を抉られながら、毬子はそれらを器用に捌いてゆく。

「休んだほうがいい？　ありがとうございます。でも、病気のときって、なんだか人恋しくなるじゃないですか……」

調子いい受け答えで男どもの下心をくすぐっている間にも、彼女の秘部は敏感に反応していた。

やはり素質があるのだろう。

毬子の性体験はハメ撮りレイプから始まった。

その強烈な原体験が、彼女のうちに眠っていた被虐性癖を目覚めさせたのだ。ふつうなら恥ずかしさに身が竦む場面で、どうしようもないほどに感じてしまう——毬子はそういう種類の女だ。ネット回線越しの数千人分の視線が、毬子を濡らしているのだ。彼女の膣内はひどく熱く、ゆるゆると蠢いてペニスを絞ってくる。

「はい、無理しない程度でがんばらせていただきます。お兄ちゃんたち、みんなやさしー。でも、あんまりエッチなこととか、言っちゃやだめですよー？」

それでも毬子は、懸命に表情を取り繕い、群がる男どもを器用に捌いてゆく。

たいした度胸だ。机の下では深々とペニスを咥え込み、椅子の座面にべったり濡らすほど淫蜜を垂れ流しているというのに、それでも平然を装っている。錦戸たちのなれなれしい態度を突っぱねることもできない、部室での彼女とはまるで似ても似つかない。

「じゃあお言葉に甘えて、今日は短めの配信にしましょうか。ではでは……風邪をテーマでどうですか？　このアニメでも第四話で……んうっ⁉」

その小器用さに軽い苛立ちなど覚えつつ、強めに腰を突き上げる。

「ごめんなさい、よろけそうになっちゃった……やっぱり……熱、あるのかも……」

それだけで、上辺《うわべ》を取り繕っていたＭＡＲＩの仮面が消し飛んだ。

子宮から腰へ、背中へ、首筋へ……ぞわぞわと這い上がる快感の波に耐えかねて反り返る毬子。スマートフォンの画面の中では、目を見開いた彼女が、じっとカメラを見つめながら半開きの唇をわななかせている。

「配信でエロ顔晒してんじゃねえよ。本当にバレちまうぞ」

小声で囁くと、毬子は卓のズボンに手を伸ばしてきた。

媚を売っているつもりなのだろう、膝や太ももを撫でまわしながら無言で訴えてくる。もう許してください。このままじゃバレちゃいます。動かないで。おちんちんで奥をグリグリってしないで。お願い。お願いです。どうか、もういじめないで。おまんこいじめないでください――――！

「ほら、しっかりしろ。気を抜くなよ？」

その悲痛な願いを無視して、さらに腰を揺さぶる。

椅子を座面ごと揺らして、大きく、ゆっくりと。深々と突き刺したペニスで子宮口を押し上げながら、ぬちっ、ぬちっ、ぬちっ、と刺激を染み込ませる。

「はぁ……ん……うちは共働きだから、風邪のとき大変なんですよね。え、ももかん？　ももかんってなんですか……ああ、桃の缶詰ですね。そういうのって……あっ、んっ」

画面の中の毬子も、頬を赤らめながら、ゆったりと身体を揺らしていた。

『ＭＡＲＩたんふらついてるよ』

『具合悪そう。風邪ひどいの？』

『辛いなら無理しないでＭＡＲＩちゃんが辛そうだと俺らも辛いよまじで』

スマートフォンの画面に、上品ぶったコメントが流れている。

違う。本当に言いたいのは、そんな取り繕った言葉ではないだろう。こんなにも頬を赤らめて。こんなにも両瞳を潤ませて。震える声音。切なげな吐息。汗に薄湿る肌。そわそわと竦めた肩。ギュッと寄せた両腕の間では、乳房が盛り上がってコスチュームの胸もとを押し上げている。今の彼女にかけるべき、最もふさわしい言葉は「エロい」だ。それ以外ありえない。毬子は俺のチンポであえいでいる。僕のペニスが彼女を感じさせているんだ。お前らにできるのは、ネット回線越しにＭＡＲＩの痴態を見つめて悶々とすることだけだ。だから——。

「くあっ、あんっ⁉」

だから、見せつけてやる。

画面の向こうに数千人分の視線を感じながら、思い切り突き上げる。

ロッキングチェアのゆったりした横揺れから、騎乗位ピストンの激しい縦揺れへ。

真下から突き上げられる衝撃に、毬子の身体が跳ねた。乳房が弾み、首の据わっていない赤ん坊のようにカクンと頭が揺れ——ようやく我に返り、机にしがみつくようにして懸命に堪える。

「ひっ、うぁっ……あっ、んん……風邪……あ、アニメっ……あっ、あんっ……!?」

その身体を、真下から容赦なく突き上げる。

毬子は真顔になり、じっと真正面を見つめていた。

きっと少しでも気を抜けば、たちまちあられもない淫貌を晒してしまう。

だから下唇を噛み、じっと無表情を装うしかない。そんな気持ちが、卓には手に取るようにわかってしまう。ペニスで感じる彼女の膣内は、さらなる快感を乞い求めるかのように、激しくヒクついているのだ。

『ちょwwwまwwww乗馬マシンwwwww』

画面を流れるコメントも、いつの間にかずいぶん少なくなっていた。

きっとコメントどころではないのだろう。キーボードを叩きたくても、連中の右手は別の仕事の真っ最中だ。

そいつらに見せつけてやる。

面白くもない素人喋りに齧り付き、下心丸出しのコメントを送りながら、必死になってMARIのご機嫌を取っていた連中に。

これが毬子だ。俺の女だ。お前らは、MARIに触れることはできない。お前に見せてやるのは、俺のチンポで悶えている毬子のよがり顔だけだ。お前らにちやほやされる快感に嵌まって、毬子は調子に乗ってしまった。その女を、元通りの素直で純粋な笹岡さんに治してあげるのだ。これは、そのために必要なステップだ。だから突き上げる。このトロトロに濡れた秘肉、きちきちと締め付けてくる膣洞、ぬとぬとと絡みつく淫襞を。ペニスの先端で奥壁を叩くたび、彼女の肉体は鮮烈な反応を返してくれる。子宮から全身へと伝播する激感が、必死になって取り繕った平然顔を突き破ろうとしている。

「ごめんなさい、体調がっ……配信は終わりです。さようならっ……」

画面の中の毬子が、こちらに手を伸ばしてくる。

直後、配信画面が暗転した。毬子がカメラの接続をオフにしたのだ。そのまま机に突っ伏し、天板をギュッと握り締め――。

「あっ、うぁっ、あぁ、あああああぁっ⁉」

カクカクと毬子の腰が揺れる。

キュウウウウウゥッ、と膣肉が収縮する。

「あっ、あっ、だめ……あっ、イく……あ、んん、イきます……おまんこイくのぉっ⁉」

この一週間、遠隔オナニー調教で教え込んだ絶頂セリフを叫びながら、毬子は身体を仰け反らせた。何度も身体を震わせ、キュンッ、キュンッ、と断続的に秘肉を蠢かせ、結合部から大量の蜜液があふれる。

「はあっ……」

やがて快感の大波が去り、カクン、と毬子の膝が抜けた。脱力した身体が崩れ落ち、繋がったままのペニスが根もとまで深々と呑み込まれる。

「おい、なに勝手に配信を止めてるんだよ？」

「だ、だって……むり……あんなの、できるわけない……」

身を捩って縋るような視線を向けてくる毬子。体内を炙る熱は、まだ鎮まっていないのだろう。呼吸のたびに汗の玉が噴きだし、濡れた額に前髪がべったりと貼り付いていた。

「っせえな。お前の都合なんて聞いてねえんだよ」

真下から突き上げると、毬子の身体が弾けるような勢いで跳ね上がった。

「待って……今、イったばっかりっ……」

「聞いてねえっつってんだろ⁉」

ぐちゅっ、ぐちゅっ、ぐちゅっ、ぐちゅっ……繰り返しペニスを突き上げる。

絶頂直後の膣内は柔肉と熱蜜とがぐずぐずにとろけあい、まるで温かなジェルの中にペニスを突っ込んでいるかのようだった。

だのにその弛みきった粘肉が、激しく締め付けてくるのだ。

セックスの快感を覚えたばかりの牝器官はひどく貪欲で、処女穴と変わらない窮屈さで、ペニスをキュウキュウと締め付けてくる。亀頭の丸み、カリ首の張り出し、肉胴の硬さ、血管の弾力、尿道海綿体の柔らかさ——そのすべてを確かめるかのように粘膜壁が吸いつき、濡れた襞肉がぬとぬとと竿肌を舐める。とろけきった粘肉が蠢き密着する感触は格別で、その柔らかな圧力に包まれているだけで射精してしまいそうになる。

「あ、あぁ……これ、やだっ……⁉」

毬子もひどく感じているのだろう、自分自身の貪欲すぎる肉体に困惑しているようだった。下腹のあたりに触れると、腹筋がピクピクと痙攣しているのがわかる。そのたびに膣内も締まり、ぷちゅぷちゅと愛蜜があふれるのだ。

「おまんこがっ……きゅーってなってっ……あっ、だめ、怖いっ……」

「なに言ってんだ。お前が自分で締めてるんだろ？」

「だって……だめ、壊れる……壊れちゃうっ！　おまんこがっ……ああ、やだ、やだ……すごく、ヒクヒクって、してて……止まらないっ……怖いのに、止まらないのおっ⁉」

子宮は女の肉体の中心で燃える炉だ。

どうやら毬子のそれは、被虐と羞恥心という薪をくべたとき、もっともよく燃え上がるらしい。カメラ越しに数千人分の視線を感じながら、騎乗位ピストンで執拗に子宮を殴られる――そんな極限の体験で、毬子の牝本能が異常加熱している。ほんの一瞬の別離にも耐えられず、強く、きつく、ペニスを抱きしめようとする肉体を、毬子自身も制御できずにいるのだ。

「自分でもわかっただろ？　お前はそういう女なんだよ」

その情熱的にすぎる淫壺を、強く突き上げる。

「くふ、ん、あぁっ⁉」

激しすぎる快感に耐えかねたのだろう、毬子は弾けるように腰を浮かせた。

ねっとりとペニスを抱擁していた膣壁が強引に引き剥がされ、肉胴全体に快感が走った。

そんな騎乗位ピストンを二度、三度、四度……奥壁を深突きしてやるたびに毬子の腰が跳ね、卓の腰の上でむっちりした桃尻がバウンドする。

「犯されるのが好きなんだろう？　恥ずかしい目に遭うのも、いたぶられるのも。お前はそういうマゾ女なんだ」

「やっ……違っ……私、そんな……」

「なにが違うんだよ。こんなに濡れてるんじゃねえか」

「だって……それは、むりやり……」

「まともな女は、むりやり命令されても、そんなことしねえんだよ！」

「くひっ⁉」

口にしかけた言い訳を、子宮ピストンの衝撃で追い散らす。

「感じるんだろ？　レイプされるのが好きなんだろ？　発情まんこをガッツンガッツンぶん殴られるのが好きなんだろぉ⁉　正直に言えよ、このマゾブタがッ！」

「あっ、うぁっ、うっ、うぅっ……くあ、ひあぁ、あっ、うぁっ……⁉」

そして、追い込んでゆく。

冷静になる時間なんて与えない。お前はマゾだ。変態だ。露出趣味の淫乱女だ。羞恥絶頂の余熱が冷めやらぬ肉体に、そんな自覚を刻印してゆく。

「言え！　認めろよ、私はご主人さまのマゾブタですって言ってみろ！」

「うあっ、あっ、イくぅ……だめ、また、わたしっ……」

キュンキュンと膣内が蠢く。

ぽってりと熱を持った子宮が、ペニスを恋しがって浅いところまで降りてきていた。それを亀頭で殴り付け、虐められたがりのマゾ子宮を再び膣奥へと押し上げてやる。そんな乱暴なピストンすら嬉しいのだろう、さらなる暴虐を誘うかのように、彼女の内部からはしきりに淫蜜がにじみ出してくる——。

「私っ……せ、セックス……みんなの前で、セックスして、興奮してっ……私、マゾです……マゾブタですっ……あんっ、気持ちいい、今もっ……マゾブタの、おまんこぉ、虐められてっ……ご主人さまの、オチンポっ……気持ちっ、いっ、あっ、あああぁっ……」

ぐちり、とひときわ強くペニスを突き込む。それと同時に睾丸がヒクつき、ねっとりと濃厚な牡液が一気に尿道を駆けあがった。

「あ、あぁ、あっ、あああっ、ああ、あああああぁっ……!?」

その熱さに驚いた膣筒が、激しく身悶えしてペニスを絞りあげる。

その収縮に驚いたペニスが、びゅくっ、びゅく、とぷぷっ……繰り返し脈打ちながら熱

汁をぶちまける。

「はぁ……ああ、ん、んん……お腹の、中……熱いぃ……」

そのすべてを受け止めきった毬子は、そのまま仰け反り、卓に背中を預けるようにして仰向けに倒れ込んだ。半萎えのペニスはまだ彼女の膣内に咥えられたまま。卓の腹の上で小柄な身体がしなやかに反り、荒い呼吸に合わせて乳房が大きく上下している。

「メスの顔だな」

その呆け顔を見ながら、ゆったりと腰を揺さぶる。

「どうだ？　イきながら中をかきまわされるの、悪くないだろ？」

「はひ……気持ち、いいです……ご主人さまの、オチンポぉ……」

「だろうな。お前のまんこが、チンポにしがみついてきてるぜ。お前は中出しされて幸せになれる、メスの鑑《かがみ》みたいな女だ」

肉のゆりかごに揺すられながら、あっ、あっ、と毬子は小さな声であえぎ続ける。

激しい絶頂感は、彼女の肉体ばかりか、心まで弛ませてしまったらしい。もはや意地を張る余裕もなく、毬子は呆けきった顔でぼんやりと天井を見上げていた。

「俺の女になれよ。そうしたら毎日、こんなふうに僕が愛してあげるよ……？」

それは果たして、誰が口にした言葉だったのか、卓自身にもわからない。

毬子もそれに答えようとせず、卓に背中を預けたまま荒い呼吸を繰り返していた。

第三章　僕と俺の狭間で

笹岡毬子は賢い子だ。

だからいつだって、自分で正しい判断を下すことができる。

スタンガンで痛めつけられるくらいなら素直に従ったほうがいい。

どうせ男の力にはかなわないのだ。ならばむだに逆らって殴られるより、黙って犯されるほうがましだ。裸の写真まで撮られてしまった。それをばらまかれたら、この先の人生がめちゃくちゃになってしまう。噂になったら学園にもいられないし、その先の就職や結婚だって……それなら一時だけがまんして、言いなりになっていたほうが、ずっと被害は少ない。だから痴漢だって、トイレでパイズリを強要されるのだって耐えられる。

目先の苦痛をやり過ごすために、その場その場で一番正しい方法を選択し続けてきた、その結果が今の毬子だ。

「くふっ……あ、んっ、あぁ……はぁ、んんっ……」

白いホリゾント幕を背景に、毬子がもじもじと腰をにじらせる。

その様子を、卓は床に寝そべりながら見上げていた。アニメヒロインのコスプレ姿でペニスを深々と咥え込み、騎乗位セックスの快感に溺れる淫乱レイヤーの姿を。

先日の生ハメ配信は、毬子の抵抗心を完璧に打ち砕いてしまった。

今や毬子は、いつでも呼び出しに応じて身体を差し出すマゾペットだ。

放課後、呼び出しメールを送ると、彼女は漫研の活動もそこそこに、卓のもとに駆けつけてきた。

わざわざ撮影スタジオを指定したのは、毬子を抱くのに丁度いいからだ。正体を隠しながらの関係では自宅アパートに連れ込むこともできないし、歳の離れた毬子とホテル街を歩くのもリスクが高すぎる。それを思えば、誰にも見咎められない密室を数千円でレンタルできるのは都合がいい。

「いい顔だ。お前もセックスに嵌まってきたな」

「違います……だって、言うことをきかないと、写真が……」

潤んだ目を細め、言い訳がましい口をきく毬子。そんな彼女に、手にしたデジタル一眼レフカメラでフラッシュとシャッター音を浴びせる。

「あ、やだ……だめ、撮らないでくださいっ……⁉」

そう言いながらも彼女の膣内は、キュンキュンと蠢《うごめ》いて悦蜜を滲ませる。

高価なカメラだが、結果的にいい買い物だった。この大きなレンズと派手なシャッター音は、毬子の羞恥心を煽り立てるのに都合がいい。それに、白いホリゾントを前に悶える毬子を液晶ファインダー越しに見ていると、ちょっとした芸能人を抱いているような気分になるのだ。

「なにがダメなんだよ。こんなに濡らしやがって」

「だって……それは……オチンポが……弱いところ、ぐりぐりって、するから……」

はぁぁっ、と毬子は長い息を吐いた。

彼女は想像以上に貪欲だ。騎乗位で好きにさせていると、最初は卓を射精させようと懸命に腰を振っているが、ほどなくこみ上げる快感に溺れて動けなくなってしまう。どうやら派手に腰を振るよりも、一番気持ちいい場所に亀頭先端やカリ首を押し当てて、ツボ押し棒のようにグリグリと刺激されるのが好きらしい。

「ふん……ぐちょぐちょに濡らしやがって。自分ばっかりよがってないで、ご主人さまのご機嫌を取ってみろよ。なあ、マゾ犬っ！」

その淫らすぎる膣内を、思い切り突き上げてやる。

「くひっ、あ、あ、オチンポ、奥にぃ⁉」

キュンッ、と膣肉が締まる。

今、イったのかな——？

竿肌をビクビクと刺激してくる、膣肉の脈動を感じながらそう思う。

毬子は静かに腰をにじらせながら、自身の性感をくつつと温めていたのだ。今にも煮崩れそうなほど弛んでいた膣肉が、乱暴なピストンに反応して一気に快感を爆発させる。毬子は卓の腹に両手をつき、よろけた身体を懸命に支えていた。

「休んでるヒマはねえぞ。ザーメンがほしけりゃ腰を振りやがれっ！」

ごぢゅっ、ごぢゅっ、ごぢゅっ、ごぢゅっ！

快感の余韻で動けない身体を、立て続けに突き上げる。

自分一人では、たどり着けない快感がある。

気持ちのいい場所にペニスを押し当て、もじもじと腰を揺すっているだけでは届きえない虐悦の極地。男に嬲られること。責められること。貪られること。絶え間なく襲いくる刺激に翻弄されながら、自分の肉体は、自分のものではないのだと思い知らされる。ほんの一時でいいから休ませてほしい。深く息を吸って火照りすぎた身体を落ち着かせたい。だけど絶え間なく襲い来るピストンが、それを許してくれない。ゴツゴツと突き上げられながら、絶頂へと至る坂道を強制的に駆け上がらせられる――。

「あっ、うぁ、あぁっ……イくっ……イく、イくぅぅ……ああああああああぁぁっ!?」

その坂道のはるか頂で、毬子が高く、高くマゾ鳴きする。

快感に炙られて熱を持った秘肉が、ペニスをぎゅちぎゅちと喰い締める。

その情熱的な抱擁を強引にふりほどきながら、だめ押しのピストンを二度、三度。ほどなく卓のほうも限界を迎え、絶頂痙攣の最中《さなか》にある膣内に熱精がぶちまけられた。

「あ、あぁ……来てるっ……オチンポ、ピクピクって……熱いのがっ……あっ、出てるぅ……中にっ、熱いのがっ、どぷどぷって……あぁ、注がれちゃってるぅっ⁉」

毬子が激しく身体をくねらせる。

体内を灼くその熱に、美貌がトロリと弛んだ。

瞳が潤み、口もとが弛み、まどろんでいるかのようにユラユラと頼りなく頭が揺れる。卓だけが知っている本気のイキ顔だ。この前のライブ配信に群がっていたＭＡＲＩファンたちにも、ここまでは見せてやらなかった。

「なかなかよかったぜ。お前のまんこも、俺のチンポに馴染んできたみたいだな」

満足そうに言いながら、太もものあたりをピタピタと叩いてやる。

初めて彼女を抱いたとき、こんなにも気持ちいい穴はほかにないと思った。

だが毬子を抱けば抱くほど、それが誤りだったと思い知らされる。

女の肉体は、男の精液を吸うほどに熟してゆく。何度も膣内で射精を受け止め、抉られ、かきまわされ、嗚き悶えさせられるたびに、甘く柔らかな極上の牝穴へと仕上がってゆくのだ。一日ごとに具合がよくなってゆく毬子の身体は、何度味わっても飽きることがない。

毬子のほうもペニスの味わい方を覚えたのか、一回抱いてやる間に、二度、三度とイキ狂うことも珍しくない。

そればかりか、最近では卓に対する態度も、少しずつ柔らかくなっている気がする。

所詮、心なんてものは肉体の付属物だ。連日のセックスで絶頂漬けになりながら、その快感を与えてくれる相手を憎み続けるなんてできるわけがない。たとえどんなに不本意でも、心と身体は否応もなく、自分が置かれた環境に順応してゆくのだ。

でも、君はそれでいいのか、笹岡さん――？

彼女とのセックスは気持ちいい。小生意気だった彼女を屈服させ、女として開花させてゆくことにも、たまらない満足感を覚える。だが反面、そんなふうに容易に屈服してしまう彼女に、一抹の寂しさも感じてしまうのだ。

◇

「ん、うぅ、くふっ……」

朝の満員電車の中で、毬子は切なげに指先を噛んだ。

その身体を背後から抱き、スカートの中に指を這わせる。この人、痴漢です――もし彼女が、そんなふうに大声を出したら、たちまち卓は破滅してしまうが……。

「エロ声出すんじゃねえよ。まわりにバレちまうぞ？」

「は、はい。ごめんなさい……」

彼女はもう逆らえない。肉体を食い物にされることは、もはや毬子にとっての日常だ。放課後、気まぐれに呼び出されることも。休日に丸一日かけて犯されることも。そして満員電車の中で身体をまさぐられることもだ。

毬子の一日は、卓との痴漢プレイで始まる。

サングラスとマスクで正体を隠し、朝の通学電車で毬子の身体を愛撫するのだ。

最初はひどく抵抗した毬子だが、二日、三日と繰り返すうち、次第に抵抗も少なくなり、素直に身を任せるようになっていった。

先日のライブ配信で露出マゾの性癖を強制開花させられてしまった毬子の身体は、満員電車の人いきれの中では、ふだんにも増して熱く燃え上がる。下着の上から何度か指を這わせてやるだけで、たちまち割れ目から愛汁を染み出させるのだ。

ほどなく目的の駅に着き、二人は揃って電車から降りた。

先導する卓の三歩後ろを、毬子は黙ってついてくる。足取りがぎこちないのは、内ももを伝う液汁を気にしているせいだろうか。

「あ、あの……」

振り向いてみると、毬子が潤んだ瞳で見つめてきた。

こんなこと、もう終わりにしたい。

だのに、身体はもっと快感をほしがっている。抱いてください。犯してください。もっと、もっと気持ちよくしてください。決して口には出せない切望感に、毬子の瞳が揺らいでいる。

「ハメてほしいのか？」

「ば、ばかなこと言わないでくださいっ！」

「逆らっても無駄だぜ。便所についてきな」

「いやですっ！　なんで私が、朝から、そんなことをっ……」

「お前の意見なんて聞いてねえんだよ。俺がヤらせろっつったら、すぐパンツ脱いでまんこを差し出すのがお前の仕事だ」

一方的に告げると、そのまま大股で歩き出す。

見なくてもわかっている。

彼女は今、自分の三歩後ろを黙ってついてきている。

抱いてもらうため。トイレに着くなり下着を脱ぎ、痴漢プレイでびしょぬれになった性器を差し出すために。マゾの性《さが》に目覚めてしまった彼女が、今さら自分から離れられるはずがないのだ。

「最近、困ったことはない？」

尋ねる卓に、毬子はぽかんと見返してきた。

「べつに……なにもないです。どうしてですか？」

「顧問だからね」

「そんなの、顧問の仕事じゃないでしょう」

「自分が面倒を見ている生徒なんだ。様子がおかしいことぐらい気がつくよ……って言いたいところだけど、僕の考えすぎだったかな？　教師の勘なんて、あてにならないね」

ばつが悪そうに言いながら、苦笑いしてみせる。

廊下で立ち話をする二人に、通りすがりの生徒たちがチラチラと視線を送ってくる。以前、受け持ちの生徒から「キモデブのオオタクは女子に話しかけること自体がセクハラ」なんて揶揄されて以来、女子生徒に近付くのはなるべく避けてきた。それだけに、学生たちにとっては珍しい光景に映るのだろう。

そんな周囲の視線を無視して、じっと毬子を見つめる。

今の彼女は「困ったこと」ばかりだ。

セックス漬けの生活もそうだが、より深刻なのは先日のライブ配信だ。

先日、卓のもとに、元漫研の女子生徒から一通のメールが送られてきた。

『この子、笹岡さんに似てない？』

併記されていたリンク先にアップロードされていたのは、先日の毬子の生ハメ配信動画。

その十五分ばかりあとに「間違ってメールしてしまいました。消してください」とのわざとらしい追伸が送られてきたのは、さすがに演出過剰というべきだろう。

つまり、誤送信を装った密告《チクリ》というわけだ。

今のところ教師たちの間では、毬子の素行は問題になってはいない。

もしあんな動画が全校に出回ったら、職員室にも噂がまわってくるはずだ。それがないということは、毬子の生主活動も、ＭＡＲＩがネットで晒してしまった痴態も、今はまだ漫画研究部の内々の話で収まっているということだろう。

だが内向的で友達も少ない毬子にとっては、漫研内でのごたごたは大問題だ。

毬子は内心で誰かに助けを求めている。

だが同時に、誰にも事情を知られたくないと思っている。相反する気持ちで心が弾けそうになっているのだ。

「あ、あの……大島先生、私……」

自信なさげな瞳が不安に揺らいでいる。助けてください。気付いてください。相談に乗ってください。こんなこと、自分では言い出せない……だから、助け船をください。本当はなにもかも喋りたい。本当は、誰かに助けてほしいんです――！

「なんでもないならいいんだ。でも本当に困ったことがあったら、いつでも周りの大人に言うんだよ？　それも僕ら教師の仕事のうちなんだからね」

だが潤んだ両眼に込めたメッセージには、気付かないふりをして突き放す。

そして、困惑顔の毬子を廊下に置き去りにして歩き去る。もう少し……もう少しだけ耐えてほしい。大丈夫だよ、笹岡さん。もうすぐ、君を助けてあげるから――！

翌日も、毬子は指定のプラットホームにやってきた。

ホーム上での二人はあくまで他人同士。互いの居場所は目で確認するが、話しかけたりはしない――というのが、毎朝の痴漢プレイの約束ごとだ。

毬子は落ち着かない様子で、ちらちらと周囲を見まわしていた。

きっと、こちらの姿が見当たらないので困っているのだろう。

線路を挟んだ反対側のホームから、卓は毬子の様子を観察していた。ベンチに腰掛け、拡げた新聞で顔を隠しながら、スマートフォンでメッセージを送る。

『おいふざけるな。俺たちのことを喋ったな』

向こうのホームで、着信に気付いた毬子が自分のスマートフォンを覗き込む。

『なんのことですか？』

『お前があいつを呼んだんだろ。ボディガードのつもりか？』

『なんのことですか。ほんとうにわかりません』

毬子からの返信を待って、予《あらかじ》め用意しておいた写真を送信する。カメラアプリのセルフタイマーを使って撮った自撮り画像だ。

『先生がどうかしたんですか？』

『知り合いか？』

『大島先生です』

シンプルな返信に続いて、付け加えるようなメッセージが送られてきた。

『部活の先生です。いろいろ気にかけてくれてて、よくしてもらっています』

その一言に胸が熱くなる。

自分の真心は、彼女に届いていたのだ。だが浮き立つ気分は抑えて思考をめぐらせる。こんなとき、粗暴で短絡的なレイプ魔ならどんな返信を送る……？

『このブタに俺のことをチクったのか？』

『ちがいます』

『さっき俺のことをつけてやがった。あいつに俺たちのことを相談したんだろう』

『本当に違います』

ホームの向こうでは、毬子がしきりに周囲を見回していた。きっと、卓の姿を探しているのだろう。

『生徒思いの先生です。すごく生徒のことを気にかけてくれる優しい先生だから、私の態度がおかしいのに気付いたのかも知れません。本当に喋ってないです。ごめんなさい』

『教師にバレたのか。ヘマしやがって』

『ごめんなさい』

『今朝のお楽しみはなしだ。あとでペナルティだ。覚悟しておけ』

冷たい言葉で突き放すと、卓はスマートフォンをポケットに放り込んだ。

考えろ。考えるんだ。今、君は窮地に陥っている。そんな君を、本気で心配している男がいる。君を助けてくれるのは漫研の男子どもでも、ネット回線の向こうにいるＭＡＲＩファンなんかでもない。本当に君のことを思っている男の存在を心に刻むんだ――。

◇

毬子がその決断をするのに、丸三日分の時間が必要だった。

大島先生に相談したいことがあるんです――。

ひどく緊張した様子で告げた彼女と待ち合わせたのは、校舎の外れの空き教室。七限目の終業から小一時間ばかり経ち、周囲には人の気配もない。

二人きりの教室で向かい合って腰掛ける卓と毬子。自分から相談を持ちかけたというのに、毬子は自分から話を切り出せない様子で、机の天板に黙って視線を落としている。

「それで、相談っていうのは？」

「あの……あのっ……この前……生意気なことを言ってすみません。大島先生の言ってたこと、やっぱり正しかったって思って……」

「この前？」

「屋上での話です。配信とか、よくないって」

「当たり前だ。あんな動画を流していたら」

ことさらに冷たく告げると、毬子は困惑したように見返してきた。

「さすがに度が過ぎている。僕は、君という生徒のことを勘違いしていたのかな」

スマートフォンをタップすると、甘い声をあげながら身悶えするＭＡＲＩの姿が映し出された。先日の、密告メールのリンク先にあった転載動画だ。

「違いますっ……これは、違うんですっ」

「なにが違うっていうんだ。この動画の件は僕のところで止めて、まだほかの先生方には知らせていないけど……こんなことをしたら、問題になるって思わなかったのか？」

「だって……だって、それはっ……」

「この前、朝の電車で君が大人の男性といっしょにいるのを見かけてね」

「……⁉」

「気になって、少し様子を見てたんだ。動画の件もあるし、トラブルに巻き込まれてるのかもしれないって思ったんだ。悪い男につきまとわれてるのかも、って」

毬子は気が抜けた様子で、ぽかんとこちらを見つめていた。

私は性被害に遭っています、なんて女性の口から言い出しにくい。

毬子のような、内向的な生徒ならなおさらだ。だが本当は誰かに知ってほしい、助けてほしいのだ。今、自分がどんなに辛いのか、悲しいのか、全部ぶちまけて共感してほしい。それを押し止めているのは羞恥心という薄皮一枚。ほんのちょっとした一言で皮膜は破れ、張り詰めた気持ちが一気に決壊する――。

「でも、今朝になってこんなものが送られてきた」

だがその間際で、卓は話を打ち切った。差し出した封筒の中には写真が数枚。それを見た毬子が、弛みかけた表情を再び強張らせる。

「君の彼氏は、かなり困った人みたいだね」

「ち、ちがっ……私、これっ……」

ひゅっ、ひゅっ、と毬子が息を詰まらせる。

彼女が恐れていたのはこれだ。

差し出した写真に映っていたのは、被虐と官能を満喫している淫乱女。騎乗位で腰を振る毬子、うっとりとペニスを咥える毬子、コスプレ衣装に身を包んで媚びたポーズを撮っている毬子……こんな写真を見て、一体誰か彼女のことを純粋な被害者だと思うだろう。ああ、バカな女の子が男に嵌まっちゃったんだね。コスプレしているような子だし、彼女のほうにも隙があったんじゃない？ 学園でも、オタサーでお姫さま扱いされて調子に乗ってたんでしょ？　カワイソウだけど自業自得ってやつじゃないの――？

「彼氏、ちがっ……ます……私、乱暴されて……写真も……いやっていったのに、でも、むりやり……撮られて、あの、ビリってなるやつ……電気で、脅されてっ……！」

息の継ぎ方も忘れて、支離滅裂に弁明する毬子。今、彼女は自分の心の中にいる、何十人、何百人もの世間に弾劾されているのだ。

「うん、わかった。警察に行こう」

「警察っ……!?」

「君の言っていることが本当なら、もう教師じゃなくて警察の領分だ」

「…………」

「普通、そういうのは学園側はいやがるんだ。警察沙汰になって学園の評判を落とすぐらいなら、本人の問題ということにして、黙って退学してもらったほうがいいからね」

考えろ――心の中で毬子に訴える。

「でも僕はそういうのはおかしいし、笹岡さんの気持ちが一番大事だと思う」

考えろ。自分にとって本当の味方は一体誰なのか。

「ただ、ことが公になったら、いろいろ聞かれていやな思いをするかもしれない。だから、よく考えて。君が自分で考えて下した決断なら、僕も全力で協力するよ」

選ぶのは彼女だ。

このまま男の言いなりになり、マゾ牝としてどこまでも堕ちてゆくのか。彼の脅迫を突っぱね、セカンドレイプを覚悟してでも事件を公にするのか。それとも――。

人生には、腹を括らなければならないときがある。

もし毬子が、本当に、最も正しい選択をしてしまったら？

たとえ一時の苦しみを覚悟してでも警察に届け出て、あのレイプ魔に法の制裁を加えることを望んだら？

そうしたら、卓は破滅だ。

もしそうなったら、ＷＥＢ上に保管してある大量の写真や動画を、すぐさま全世界に拡散するつもりだ。毬子は裏切りの制裁を受け、残りの人生を悶え苦しみながら生きてゆくことになるだろう。

でも、卓は彼女を信じている。

あの愚かさを。目先の辛さを避けようとして自分から破滅の底へと転げ落ちていった、あの心の弱さを信じている。きっと彼女は今回も、卓が用意した最悪の選択肢を選んでくれるはずだ。

学園での勤務を終えてくつろいでいると、アパートに毬子がやってきた。

「笹岡さん？　どうして急に？」

「相談したいことがあって……あの……この前の話です……」

突然の訪問に驚いたふりをしてみせる。

『お前はバカか⁉　教師なんかに話しやがって……。口止めだ。あのブタを誘惑しろ。あんなキモオタ童貞、お前が誘惑したらすぐに堕ちるだろう。私とセックスしてくださいってお願いしてこい。生徒と肉体関係を持っちまったら、あいつも逆らえなくなる――』

毬子には、事前にそう言い含めてある。その言葉通りにやってきた毬子を部屋に上がらせ、黙って向かい合うこと五分余り。

「あのっ……先生っ……わ、私と、セックスしてくださいっ……」

沈黙に耐えかねた毬子が口にしたのは、あまりにも直截《ちょくせつ》すぎる言葉だった。

「笹岡さん⁉」

「せ、セックスしたいんです。先生がかっこいいから、いいなって思って……それで、だから……抱いてもらいたいんです。好きです……あの、私、大島先生が好きだから……」

あまりにもあまりな言いぐさに、心の中で頭を抱える。

これでは、騙されてやりたくても乗りようがない。あんなにセックス漬けにしてやっても、毬子はまだ恋愛に不慣れな少女のままなのだ。恋の駆け引きどころか、非モテ童貞を上手に誘惑することすらできやしない。

「急にどうしたんだ。君はそんなこと言う子じゃないだろう⁉」

「急にじゃないですっ！　先生は私を心配してくれたし……それに相談にのってくれて、あと、親身になって心配してくれて……だから……それで、好きになったんです……」

毬子の声が次第に小さくなる。

めちゃくちゃなことを言っているの、自分でもわかっているのだろう。それをごまかすように、今度は卓ににじり寄り、身体を擦りつけてくる。縋《すが》るように抱きつき、乳房を擦りつけ――。

「はぁ、ん、んむっ……」

そして唇を、卓のそれに押し付けてくる。押されるまま仰向けに寝転がると、彼女もまた折り重なるように倒れかかってきた。

「私……私、セックス覚えて、すごく……セックスが好きになって……だから、セックスしたいです。大好きな先生とセックスしたいです。恋人がだめなら、セックスだけの関係でもいいです。だから、私を抱いてくださいっ……」

無理しているのがわかる。口ではセックスを乞いながら、その表情は冷たく強張っているのだ。その不器用な求愛をはぐらかしながら、片手でスマートフォンのメモアプリを操作する。

『脅迫されてる？』

その画面を見せると、毬子は小さく頷いた。

『今も？』

コクリ……卓の腹に跨がったまま、再び毬子が頷いた。そんな彼女を抱き寄せ、小声で囁く。

「……笹岡さんに、カラダを使って口止めしろって命令したのか？　なんてやつだ」

「……あの、声、だめ。録音されてるから」

それを聞いて、もう一度、メモアプリにメッセージを書き込む。

『とにかくこの場をやり過ごそう。少しだけがまんして、調子を合わせて』

わかりました——。

毬子が目で返事してきたのを確かめて、彼女を強く抱き寄せる。ちゅっ、ちゅっ、ちゅぷっ、と今度は自分のほうから、何度も唇を重ね合わせる。

「自分がなにをしてるのかわかってるのか？　教師っていっても、男なんだぞ？」

そして手を胸もとに伸ばし、ブラウスに手をかける。

「せ、せんせっ……それは……」

「こんなふうに誘惑されたら、おかしくなってなる！」

叫ぶなり、ブラウスのボタンを引きちぎって強引に乳房を露出させる。

瞬間、毬子の瞳がとろけた。こんなふうに乱暴に扱われると、我知らずその先を期待してしまうのだろう。まったくもって、度し難いマゾの性だった。

「君が悪いんだ。笹岡さん。君が誘惑するから」

「あっ……!?」

　密着する身体の間に手をすべり込ませて、その乳房を強めに揉み転がす。

「……もっと声を出して。感じてるふりをするんだ」

　小さく耳元で囁き、両胸を揉みしだく。

「最初は、ただの部活の生徒の一人だったよ。でも、あのやる気のないサークルで、一人だけがんばっている君はとても立派だと思ったし、応援してあげたいと思った」

「あっ……あっ、胸っ……」

「だから個撮のことを知ったときは、本気で心配したんだ。でも……くそっ、こんなふうにされたら、僕だって、ただの教師じゃいられなくなる！」

「あんっ……先生が、私の胸……おっぱい、さわってますっ！　あんっ、むにゅむにゅって、されてっ……あっ、あっ……おっぱい、触られて……気持ちいいっ……」

その手つきに合わせて毬子があえぐ。

まるで自分が今なにをされているのか、マイクに向かって実況するようにだ。この期《ご》に及《およ》んで、まだ彼女はレイプ魔の命令を気にしているのだろう。

「あっ、指っ……」

だったら、それがふりではなくしてやればいい。

下着の中に片手をすべり込ませると、恥丘の柔らかさが指先に触れた。

赤ん坊のほっぺたのようにぷくぷくした手触りのそれをまさぐり、肉の割れ目を押し拡げてやる。膣口をツプツプといじり、指先に愛液を絡める。

「あっ、そこっ……クリトリスっ……あっ、先生が、クリトリス、触ってますっ……」

その濡れた指の腹で、割れ目のすぐ上にある肉突起を撫でまわしてやる。

毬子の腰がピクピクと蠢《うごめ》いた。

それでも逃がさす、陰核愛撫を続ける。指紋の微細な段差を引っかけるような、触れるか触れないかの微妙な指遣い。指の表面に貼った愛液の膜を滑らせ、ほんの豆粒ほどの快楽器官をクルクルと撫で転がす。そのたびに毬子は腰を揺らし、背骨をくねらせる。卓の胸の上で乳房がぐにぐにと撓《たわ》み、彼女の両脚が卓の腰をギュッと強く挟んでくる。そして、彼女の快感が高まりきったのを見計らって——。

「あっ、あぁ、く、クリトリス、あっ、ぎゅーって……あぁ、あああぁっ⁉」

ぐちちっ、と強めに潰してやると、毬子の腰がガクガクと震えた。

熱い淫水が迸り、卓の指を濡らす。まともな女なら痛がる指遣いも、毬子にとってはちょうどいい愛撫だ。彼女の目がトロリと潤み、そのまなざしが熱を帯び始める。教師に対するそれではない、自分を貪り、いたぶり、支配してくれる牡に向ける、発情したマゾ牝の媚態だ。

「もう充分濡れてるね。挿《い》れるよ?」

「あ……せ、せんせっ……あっ、うぁ、ああああぁっ⁉」

返事は待たずに、彼女のぬれそぼつ牝穴に挿入する。

ただしペニスではない。深々とねじ込んでやったのは中指と人差し指の二本だ。膣口を強めに圧《お》してやると、挿入慣れした牝穴は素直に開いて卓の指を受け入れた。そのまま深めに突き入れると、熱蜜まみれの甘襞がねっとりと絡みついてくる。

「熱いね、それに、すごく濡れてる」

「あ、んんっ⁉」

深々と突き込んだ指を曲げると、ちょうどGスポットのあたりを刺激する格好になる。

ここは毬子の弱点のひとつだ。仔猫の喉を撫でるような手つきでクリュクリュとかわいがってやると、毬子は甘い声をあげながら悶絶する。膣内でほんの数ミリ指を動かすだけで、激しく身悶えして背中をくねらせるのだ。

「感じてるんだね」

「あっ、だって……あ、んん……」

「わかるよ。笹岡さんの中がピクピク動いている」

囁きながら、膣内を刺激する。

さらにもう一方の手を彼女の下腹部へ。へそ下あたりに見当をつけて、指先で強めに揉み込んでやる。

「あっ、やだ、そこ……だめ……あっ、奥ぅ、だめだからっ……」

それだけで、あえぎ声のオクターブが上がった。

亀頭の先で奥壁を刺激してやると、彼女はいつも激しく悶え狂う。だがこうして、腹の上から圧して、子宮を意識させてやるだけでも昂《たか》ぶってしまうらしい。卓の腹の上で、毬子が激しく身悶えする。腰を擦りつける。太ももを擦りつける。乳房を擦りつける。何度もキスをせがみ、舌を絡めてくる。先生、ああ、先生っ……気持ちいい……触ってもらうの気持ちいい……好き……好きです、先生……もっと、もっと触ってください、気持ちよくしてください――！

「あ、あ、んんっ……!?」

キュンッ、とひときわ強く膣肉が締まった。

そろそろ頃合いだろう——そう察して、指の動きを速める。

「笹岡さん、駄目だ……僕も、もう射精しそうだっ！」

激しく指を抜き差しする。

ぐちゅっ、ぐちゅっ、ぐちゅっ……激しい汁音が鳴る。

二本指をペニスに見立てて、いつもの腰遣いを再現する。限界まで高まった毬子を、最後に追い詰めるときのやり方だ。膣肉を押し拡げ、膣襞を圧し延ばし、膣壁を擦り立て、目の前に迫った絶頂へ続く坂道を一気に駆け上がらせる——。

「くふっ、ん、ひ、い、ああっ!?」

毬子の両腕が卓の頭をかき抱く。強く、強く身体を密着させる。押し付けられた秘部から大量の潮が噴き出し、生ぬるい感触が卓のズボンにまで染み込んでくる。

「ふぅ……気持ちよかったよ。笹岡さん」

毬子はまだ呆然としていた。いかにもセックスとは無縁そうな非モテ教師に、こんなに簡単にイかされるなんて思っていなかったのだろう。

息を荒らげる彼女の制服の胸もとに、小さな黒いものが見えた。

クリップ式のワイヤレスマイクだ。それを外して、毬子の目の前でスイッチを切ってみせる。

「これ盗聴マイク？」

「はい。今までのもずっと録音されてたと思います……」

そんなことわかっている。このマイクだって、卓自身が用意したのだから。二人の淫事の証拠は、毬子のスマートフォンからチャットアプリで犯人のもとに――さっきからずっと、この部屋に置いてある卓のＰＣ宛てに送信されているのだ。

「これで犯人は、僕の弱みも握ったってわけだ」

それを聞いた瞬間、毬子の表情が凍り付く。

「ごめんなさいっ……私、とんでもないことをっ……⁉」

「笹岡さん……」

「私……私、そんなことぜんぜん考えてなかった。脅されたから、言う通りにしなくちゃって……なのに、心配してくれた先生を、巻き込んじゃうなんてっ……」

彼女はもともとやさしい子だ。

だから、卓は彼女に惹かれたのだ。生配信の一件を知って以来、彼女には失望させられることも少なくなかった。だが今、卓の真心に触れた彼女は、ようやくＭＡＲＩファンたちの下心で歪められる前の、本当の笹岡毬子に戻ってくれたかに見える。

「やめなさい。ほら、服を着て？　僕も男なんだ。君みたいな子に、そんな格好をされていると、おかしな気分になる」

「あっ……？」

毬子は、今、ようやく気付いたように腰をにじらせた。

「先生のおちんちん、硬くなってます……」

「し、仕方ないだろう。ほら、早く離れて」

わざと声を上ずらせながら、毬子を急《せ》かしてやる。

その声音に込めたのは、八十パーセントの拒絶と二十パーセントの欲情。

演技力の限りを駆使して、必死にやせ我慢している中年童貞を演出する。ほら、気付くんだ毬子。今、お前の目の前にいる男は、本当はお前とヤりたがっている。ただ、いい教師のふりをして無理をしているだけだ。ちょっと押せばすぐ落ちるんだ――。

「先生、嘘ついてる」

毬子の瞳がトロリと潤んだ。

絶頂直後の身体が、誘い水として込めた二十パーセントを察知して、淫欲を燃え上がらせている。凌辱慣れした彼女の肉体が、指愛撫なんかで満足できるはずがない。もっと硬く、もっと太く、もっと熱いものを欲して全身が疼いている。そして目の前にいるのは、本当はヤりたくて仕方ない男――。

「せめてもの償いです。私の身体で、気持ちよくなってください」

「や、やめなさいっ……そんな、自分の身体をモノみたいに言うんじゃない」

「あは……先生、優しいんですね」

ことさらに狼狽してみせると、毬子はますます大胆に身体をくねらせる。

「先生にお礼できる物を、私、ほかになにも持っていません。それに、どうせ汚れた身体です。あいつに犯されるより、優しい先生に抱いてもらうほうがずっといい……」

毬子にとって、セックスとはパワーゲームだ。

優位に立つ側がもう一方を蹂躙し、支配し、奪い尽くす。今までずっと、そういうセックスばかり仕込んできた。これまでの毬子は奪われる側だったが、初めて主導権を握り、どこか楽しげにも見える。

「ほら……先生のオチンポ、とってもセックスしたがってます……」

ほっそりした指先が、ズボン越しにペニスを撫でる。

毬子は慣れた手付きで卓のベルトを緩め、ペニスを取り出した。熱く漲るそれをシュウッと擦り上げながら、困惑したように目を丸くする。

「すごい……おっき……」

「もっと情けないと思ってた？」

「びっくりしちゃいました。もっと優しそうな感じだと思ってたから」

ペニスの上に跨がり、毬子が腰をにじらせる。

さっきイかせたばかりの彼女の秘部は、大量の愛液でしとどに濡れそぼっていた。

その濡れた割れ目をペニスに押し当て、二度、三度、腰を揺すりたてる。ぬりゅっ、ぬりゅっ、ぬりゅっ……淫唇の縦みぞが硬竿で押し割られて、濡れた襞肉がにゅちにゅちと舐めまわしてくる。

「せんせ……ください……このすてきなオチンポ、私の中にください」

「やめなさい。君は、そんな子じゃないはずだ……」

「違います……私、そんな女なんです。ぐちょぐちょの淫乱まんこに、先生のオチンポをください。マゾ子宮においしいザーメンをお恵みください……」

全部、卓が仕込んだ言葉だ。自分自身の言葉に酔いしれるように、毬子は表情を弛めた。

亀頭先端が膣口に触れる。ゆっくり、ゆっくりと毬子が腰を落としてゆく。熱いぬかるみの中にペニスが呑み込まれてゆく。

「あっ、これっ……太くて……あっ、奥まで、来るっ……」

困惑したように唸りながら、毬子が腰をゆする。

尊敬する先生に気持ちよくなってもらうための激しいピストン。ぢゅぱっ、ぢゅぱっ。ぢゅぱっ……そのたびに汁があふれる。卓の上で彼女が腰を弾ませるたびに、大振りな乳房も激しく弾んでいた。

「せんせっ……おっぱい、じーっと見てる」

「だって……見てしまうよ。だって、そんな……」

「大きくて？」

毬子が身体を傾け、乳房を目の前に持ってくる。

「よかったです。男の人たちにジロジロ見られるのは苦手だけど、先生に見てもらうのは好き……」

彼女には幾つもの顔がある。

穏和で物静かな笹岡さん。流されやすいマゾペットの毬子。今は小悪魔のように男心をくすぐるＭＡＲＩの顔だ。挑発するように突きつけられた乳頭にかぶりつくと、彼女は嬉しそうに目を細めた。

「はぁ、んん……おっぱいに、キスしてもらうの……好き……」

毬子はうっとりと身悶える。

本当に感じているのだろう、はあぁっ、と熱い息を吐く。乳頭を舐め転がしてやると、毬子は愛撫への感謝を返すかのようにキュンキュンとペニスを締め付けてくる。

「ああ……これ、好き……先生のオチンポ、好き……すごく……すごく、感じちゃう。私に、ぴったりで、すごく、しっくりきて……あぁ……気持ち、いい、いいのっ……！」

こんな毬子を見るのは、初めてのような気がする。

きっと彼女は、本当に「大島先生」に好意を抱いているのだ。

だから、こんなにも眩しいのだろう。幸せそうにあえぐその顔を見上げていると、卓のほうまで幸福感が湧き起こってくる。この愛らしい少女を、もっと、もっと歓ばせたい。そんな気持ちにかられて、跨がっている女体を真下から突き上げる。

「あっ、んぁ、そこぉ……あっ、いいっ……」

そのピストンに、毬子が敏感に反応する。

「あっ……あっ、あぁ、あんっ……好き……そこ、すごく……あっ、気持ち、いいっ！　あんっ！　せ、先生のっ……お、オチンポ、すごくぅ……あっ……あっ、あぁ、あっ、あっ、あんっ……なんで、こんなにいいのっ！　すごく……すごく、ぴったり、来てて っ！」

毬子が困惑とともにあえぐ。

今までに、彼女の肉体が知っている男は世界中にただ一人。

セックスの快感も、ペニスの味も、すべてあいつに仕込まれたのだ。柔襞のむこうにコリコリと芯のある硬さを残していた未成熟な膣穴が、飲みきれないほどの精液を飲み、数えきれないほどの絶頂を経て、極上の牝穴に仕上がるまで。毬子の肉体は、あいつ専用にあつらえられた錠前のようなものだ。そこにぴったり嵌まる鍵は世界にただ一本――。

「あ、あぁ、どうしよぉっ……やだ……き、気持ち、よすぎ、ですっ……あんっ……どうしよぉ……先生っ……先生、好きっ……このオチンポ好きっ、大島先生っ……ああ、先生、すごく……すごくぅ、好きになっちゃうっ……私、だめになっちゃうっ……！」

そのはずだった。

『お前はもう俺のものだ』

『毬子を満足させられるのは俺一人だ』

『もう俺のチンポなしでは生きられないだろう？』

何度も言い含めてやったし、毬子もその言葉を信じていた。だのに、鍵はもう一本あったのだ。まるで毬子専用にあつらえたかのようなそれが、彼女の内奥に挿し込まれる。子宮口をくちりと圧し潰し、閉ざされていた錠前を開く。はち切れんばかりに膨らんでいた官能が、開かれた扉から一気に溢れ出す——。

「あっ、ああ、あんっ……あぁ、イくっ……イくのぉ！　おまんこイくっ！　あぁ、あぁっ……オチンポ好きっ……気持ちいいっ……先生っ……先生、好きっ……先生っ……先生、先生、先生っ……ああ、出してっ……ザーメンくださいっ！　先生のオチンポが好きすぎるおまんこにたくさん出してっ！　たくさん射精して幸せにしてぇぇっ！」

毬子がガクガクと身体を痙攣させる。

膣肉が締まり、強く、強くペニスを絞って射精を促す。

思わず呼吸が止まった。おおっ、と喉から潰れた声が漏れる。毬子の膣内が激しく蠢き、ペニスをもみくちゃにしている。熱烈すぎるその愛撫が、卓の限界を解き放った。膨れあがる快感が尿道を駆けあがり、毬子の膣内にぶちまけられる。

「あ、あぁ、これ、ああ、好き……あぁ、精液っ、れてるっ、熱いの、奥にぃ、おまんこに、どぷどぷって、れてりゅぅっ……」

卓の上で、毬子が牡液の熱さに身悶えしている。

そのとろけ顔がどうにも愛おしい。

キスしたいな――。

そんなことを思って顔を上げると、彼女もじっとこちらを見つめていた。

そのままどちらともなく顔を寄せ、唇を重ね合う。

やはり気持ちは一つだ。唇と唇が触れあい、互いに互いの舌をにちゃにちゃと絡めあう。

その心地良さの中でゆっくりと腰を揺すり、半萎えのペニスで膣襞とじゃれあう。唇の甘さ。肌のなめらかさ。膣肉の熱さ。乳房の柔らかさ。身体全部で毬子を感じながら、気怠い射精の余韻に酔いしれる――。


にゅぷっ、にゅぷっ、にゅぷっ、と亀頭が何度も白い谷間を出入りする。

絶頂疲れから回復し、ようやく身体が動くようになると、毬子は自分からペニスにじゃれついてきた。

卓のペニスは二人分の体液まみれ。それが上下するたびに、乳房にも液汁が塗り広げられて白い肌をねっとりと艶《つや》めかせる。

「はぁっ……どうですか？　気持ちいいですか……？」

乳奉仕を続けながら、毬子がこちらを見上げてくる。まだ絶頂の余韻が冷めやらないのだろう、息は弾み、肌もうっすらと赤らんでいた。

「僕は教師失格だな。生徒とこんな関係になってしまうなんて」

「違いますっ！　だって、私が誘惑して先生を巻き込んだのに！」

自嘲してみせると、毬子は慌てて縋りついてきた。

彼女は、見捨てられるわけにいかないのだ。絶望の海で溺れかけていた毬子にとって、卓は頼ることのできるたった一本の藁なのだから。

「それに……あの、私、いやじゃないです。最初は命令されてだったけど……でも、先生に抱いてもらうの、嬉しいです。もっと……もっと、私で気持ちよくなってほしいです」

「自分の気持ちを勘違いしているだけだよ」

「そんな……違いますっ」

「一番辛いときに優しくされて安心したんだろう？　そのほっとした気持ちを、恋だと勘違いしちゃってるんだ。若い女の子にはよくあることだよ」

毬子は不満げに唇を結んだ。大人から頭ごなしに言われれば「違う」と言いたくなるものだ。この気持ちは、間違いなく本物なのだと。

「なら、勘違いでもいいです」

両手で乳房を寄せ、毬子は強めにペニスをしごき始めた。

「でも、先生に気持ちよくなってもらえて、嬉しいのは本当です。だから、ちゃんとお礼がしたいです。もっと……もっとたくさん、先生に気持ちよくなってほしいです」

「笹岡さん……」

「先生が信じてくれないなら、それでもいいです。だったら私を、先生のマゾ……」

口にしかけたのは「マゾ奴隷」とか「マゾペット」とか、そういう類の単語だろう。

今まで毬子には、そんな言葉ばかり教えてきた、だが、それではふさわしくないと思ったのか、しばし思案を巡らせる——。

「えっと、あの、セックスフレンドにしてください。先生がしたくなったら、いつでも私のおまんこを使ってください」

ぬちゅっ、ぬちゅっ、と淫音を立てながら、毬子はペニスをしごいてゆく。

その嬉しそうな表情が新鮮だった。彼女の甘ったるい表情は、今までに何度も見てきた。熟しきって腐れ落ちた果実のような、毒々しい甘みを帯びたとろけ顔を。だけど今の彼女から感じるのは、真夏の太陽の下で弾けるサイダーのような、爽やかで鮮烈な甘みだった。

惚れた男の前では、彼女はこんな顔をするのだ。

「あはっ……すごい、もうこんなに硬くなってる」

熱く硬い牡棒に、毬子がうっとりと目を細める。

「もうできますよね？　挿れていいですか？　オチンポしたい……先生のオチンポ入ってると安心するの。ずっと私の中にいてほしい……」

もう待ちきれないと言ったように、毬子は自身の秘部をいじり始めた。クチュクチュとはしたない音が鳴り、あふれた蜜液が内ももを伝ってゆく。

きっと彼女は、卓の気を惹くためならなんだってするだろう。

教師としての信頼、恩人に対する愛慕、巻き込んでしまったことへの罪悪感、そしてセックスの快感――無数の見えない鎖が今の毬子を縛っている。

もう、逃げることはできない。

あとは仕上げるだけだ。すぐ目の前に迫った、二人の幸せな未来にたどり着くために。

第四章 愛情の負荷テスト

『ねえ、あれヤバくない？』

近頃、そんな噂を囁く連中がいる。

『あいつ、もともと男好きだったんだよ』

『見てればわかるじゃん。ネットでも部活でもちやほやされてさ』

『だけど、いくらなんでもオオタクはないよね？　オタ女とキモデブ親父って、それなんてエロゲだよって感じ』

『ありえないって。エンコーか脅迫の二択だよね』

噂の主は、元漫研の女子部員たちだ。

最近、大島卓と笹岡毬子の二人が、親しげに話している様子がしばしば目撃されている。

巨乳で黒髪でロングヘアで物静かな性格——といかにもオタク受けしそうな毬子が、見るからにキモオタ丸出しの卓と一緒にいれば、つまらない想像を働かせるやつだって出てくるものだ。

もちろん彼女たちだって、自分の言葉を本当には信じてなんかいない。校内ゴシップは女子生徒の必須栄養素だ。「最近、あの二人のツーショットをよく見かけるよね」なんて他愛もない一言をきっかけに、一の事実を十にも百にも膨らませて、井戸端会議を楽しんでいるのだ。

だが彼女たちは気付いていない。たっぷり悪意を盛ったつもりの噂話が、図らずも正鵠《せいこく》を射貫《いぬ》いていただなんて——。


あれから、二人はこれからのことについて話し合った。

あいつは卓のことを警戒している。

教師が介入してくることで、ことが公になるのを恐れているのだ。

この手の事件で一番よくないのは、相手の言いなりになってしまうことだ。写真をばらまかれるのを恐れて要求に応じてしまったら、今度はそれを理由に脅される。では脅迫を退けて、警察に届ければいいのかというと——。

『む、無理ですっ！　だって、怖い……あんな写真が広まってしまったら、もう私、生きていけないです……』

もし相手がやぶれかぶれになって、あとさき考えずに写真をばらまいたら？

そうなったら、毬子はこれからの人生において、重すぎるペナルティを背負うことになるだろう。残りの将来全部をベットしてのギャンブルなんて、一〇〇パーセント以下の確率では挑めるものじゃない。

だから当面の方針は、脅迫に屈したふりをすることだ。

今はまだ打つ手がない。だが、自分の思惑通りにことが進んでいる間はやつも油断するだろう。非モテ中年教師の大島卓は、毬子の誘惑にまんまと乗せられてしまった――そういうことにして時間を稼ぎ、対策を考えるのだ。

だから、今日も毬子はあいつの命令に従わなくてはならない。

「先生、お願いします、どうか……今日も、私を抱いてください……」

薄暗い体育倉庫にぎこちない声が響く。

その胸もとには、小型のワイヤレスマイクが仕込んである。まんまと巨乳女子校生の誘いにのってしまう、淫行教師の間抜け声を録音するために。

かわいそうに、毬子は心から恋い慕う大島先生を陥れなくてはならないのだ。犯人の指示は、卓をセックスに溺れさせること。家でも学園でも誘惑して共犯関係に引きずり込み、黙っていたほうが得だと信じ込ませることだ。

「また、あいつの命令か？」

「はい……でも、それだけじゃないです。私、この前のセックスで、先生のことを好きになっちゃったんです。お、オチンポしてください……先生を思うとぐちょぐちょになっちゃう毬子のいやらしいおまんこに、先生の大きなオチンポをハメてほしいんです……」

もともと内向的な毬子だ。何度繰り返しても、誘惑ゼリフは上手にならない。それでもがんばって考えた誘い文句を棒読み気味に口にしてみせる。

「君は本当にいやらしい子だな」

だが、そのまるで板についていない態度が逆に愛らしい。

「どうせ選択肢はないんだろう？　僕があいつのいいなりになるのなら……」

「はい。この前の夜のことは秘密にしておくって言ってました」

「で、言うことを聞かなければ、あの録音データがばらまかれるってわけだ」

「…………」

「素直に命令に従うなら笹岡さんを抱ける。でも逆らえば身の破滅だ。まったく、すばらしい二者択一だな」

「あの……先生、ごめんなさい……」

「いいさ。こんな機会でもなければ、君のような美少女を抱く機会なんて、きっと一生なかった。犯人さまさまってやつだ」

そのぎこちない誘惑に乗り、卓は毬子の身体に手を伸ばした。彼女が身に着けていたのは、学園指定の体操服。それをたくし上げ、ブラも取り去って両の乳房を露出させる。

「大きなおっぱいだ。男子生徒にも見られるだろう？」

「はい……じろじろ見られたり、冷やかされたり……」

「見られるのはいやかい？」

「いやです。他の男子にエッチな目で見られるのは……困る……でも、先生になら見てほしいです。先生になら、いやじゃないから……」

本音と演技とが入り交じる二人芝居だ。

ワイヤレスマイクの向こうにいる犯人を意識しながら、それでも毬子は本心から、卓に抱かれることを望んでいる。自分を助けようとしてくれている大島先生に、毬子は報いるものをなにも持っていない。ただひとつ、自分自身の肉体を除いては。

「じゃあ、よく見せてもらおうかな」

「あ、んんっ⁉」

その谷間に顔を埋めると、毬子は恥ずかしそうにいやいやをしてみせた。

「あの……それ、だめ……恥ずかしいです……体育のあと、すぐ来ちゃったから……」

言われてみれば、乳肌がしっとりと湿っている。そのまま思い切り吸い込むと、思春期の甘い汗が薫った。

「本当だ。笹岡さんの匂いがする」

「もぉ……だ、だめですってば。それに、あの……」

「ああ、そうだったね。毬子」

これも彼女と決めたことだ。

二人きりのときは、「毬子」と名前で呼び捨てにすること。そのほうが、誘惑がうまくいっているように見えるから――というのが、彼女からの提案だった。

「ほら、後ろを向いて？」

促すと毬子は素直に背中を向け、倉庫の一角に積まれていた跳び箱に両手をついた。そして赤いブルマに包まれた尻をツンと突き出し、小さく揺すってみせる。

「こっちも汗をかいてるね？」

「や……それ、汗じゃないです。わかってるくせに……」

はあぁっ、と毬子は長い息を吐いた。

ブルマの股布をずらしてやると、倉庫内にむわりと牝の匂いが漂った。さらけ出された牝器官はしとどに濡れ、垂れ落ちた愛液が内ももを伝って、膝の近くまで光の線をきらめかせている。

「もう、びしょびしょになってるね」

「だって……先生のこと考えてると、濡れちゃいます……」

「それだけ？」

毬子は不意に口を噤《つぐ》んだ。静まりかえった倉庫内に二人の呼吸音が二度、三度――。

「先生を待ってる間、待ちきれなくて……」

「それで、一人でオナってたんだ？」

「――……！」

声とも息ともつかない音を喉から絞り出しながら、毬子が背中をもじつかせる。

羞恥心に子宮が反応してしまうの羞恥マゾの習い性だ。突き出された尻が震え、会陰や内ももがヒクヒクと蠢《うごめ》いていた。その落ち着きない秘部から、新たな熱蜜がぢゅわりと滲み出す。

「愛撫は必要なさそうだね」

彼女の入り口にペニスをあてがい、濡れそぼつ淫唇をにちゃりと吸いつかせる。

そのまま力を込めて、亀頭を進めてゆく。肉の割れ目を押し割る。小さく窄まった膣口を押し拡げる。ひしめく肉襞を押し分け、膣道内壁をぬらぬらと押し延ばしてゆく。

「あ、あぁ、奥まで……あっ、入っちゃったぁっ」

そして深々と突き込んだ亀頭を奥壁にあてがい、子宮口をぐちりと押し上げる。敏感な場所を刺激された毬子は、腰を高く突き出し、両脚をピンと突っ張り、背伸びする猫のように背骨を反らしながらプルプルと総身を震わせた。

「大丈夫？」

「平気です。やっぱり先生、優しい……」

「優しい教師は、生徒とセックスなんてしないよ」

「だって、それも全部私のためだし。あの、先生……私のこと、気遣ったりしなくていいんですよ？　だって、私のおまんこは先生のものなんですから。それに私、たぶん、乱暴にされるのも、きらいじゃないみたいだし……だから、激しくしてもらうのも、先生ならきっと嬉しいです。私のおまんこで、先生に気持ちよくなってほしいです……」

　自分自身の淫らさに耐えかねたかのように、毬子の声音が小さくなってゆく。

　裏腹に膣内は激しくヒクつき、膣襞がペニスをぬとぬとと舐めしゃぶってくる。

　その熱烈な求愛に応えて、卓は腰を振り始めた。ゆっくりと腰を引くと、束の間の別れも惜しむかのように肉襞が縋りついてきて、逆撫でされたカリ首からぞわぞわとむず痒さが伝わってくる。

そうして抜け落ちる間際まで腰を引き、今度は最奥まで一気に貫いてやる。

女子平均よりも幾分小柄な毬子の身体は、成人男性の体重を受け止めるにはあまりにも華奢すぎる。ばちゅん、と腰と腰が打ちあわされた瞬間、ほっそりした身体がガクンと揺さぶられた。

「ああ、あぁ、来たっ……このオチンポ、好きぃっ……」

そんな乱暴なピストンも毬子は嬉しがり、悦びの声をあげる。

毬子の心は愛されることを欲している。だのに肉体は、いたぶられることに官能を覚えてしまう。そんな毬子にとって、大島卓はまさしく理想のパートナーだ。彼女の期待に応えようと、卓が激しく腰を振る。ずちゅっ、ずちゅっ、ずちゅっ、ずちゅっ……激しい汁音を鳴らしながら、互いの身体を何度も打ちあわせる。

「うあっ、あっ、オチンポ、気持ちいいよぉ……あっ、あっ、あっ、あぁっ……！」

毬子が鳴く。その声に誘われて、ますますピストンを速める。思い切り体重をぶつけると、立ちバックを支えていた両肘が崩れた。毬子の身体がガクンとつんのめり、支えにしていた跳び箱の一段目に顔面を突っ込む。

「あっ……気持ち、いいっ……気持ちいいよぉ……オチンポいいっ、いいですっ……」

それにもかまわず、毬子は嬌声をあげ続ける。

跳び箱のクッション部分に横っ面を押し付け、垂れ落ちた唾液で色濃い染みを作りながら。卓が腰を叩きつけると、毬子の身体がガクンと揺れ、よだれまみれのキャンバス地の上をほっぺたがズルリと滑る。

「あっ、激しっ……すごくっ……荒っぽくて、あっ……ズコズコって、奥にぃ……あっ……あーっ……あっ……あぁ……あぁ……あーっ……あ、あぁっ……あぁ、あぁーっ……」

そんな乱暴な扱いを受けながらも毬子はますます陶然として、喉穴からは淫声を、膣穴からはマゾ蜜を垂れ流す。

そんな姿を見ていると、心の中に矛盾した気持ちが湧き起こってくる。

こんなにも懐いてくる健気な少女を、思い切りかわいがってあげたい。

いじめられたがりのマゾ牝にふさわしいやり方でだ。膣肉を抉り、乳房を鷲掴み、子宮を小突き回し、何時間も休まずイかせ続ける。普通の女なら泣き出してしまうようなやり方で徹底的に責め抜いたあとで、それでもいじらしく媚びた笑みを浮かべる彼女にとどめのザーメンを注ぎ込む。連続絶頂に音を上げた子宮口をこじあけ、その奥の卵子を溺れさせるのだ。

「せんせっ……あぁ、せんせぇっ……うあ、中ぁ、ピクピクって、しててぇ……」

そんな幸福な未来図を思い浮かべると、どうしようもなくペニスが疼く。

その疼きを、丸ごと毬子に叩きつける。

体重をぶつけるたびに毬子はつんのめり、その尻を掴んで崩れた身体を引き戻す。きっともう快感が全身にまわって、身体を支えることもできないのだろう。背後から突かれるままにカクカクと頭を揺らしながら、それでも健気に膣穴を差し出している姿が愛おしい。その従順さの限界を試すかのように、激しく、激しく腰を叩きつける。その苛烈なピストンを小柄な身体で受け止めながら、毬子はか細い鳴き声をあげ続ける。やがてこみ上げる快感が限界に達し――。

「あっ、あぁ……あぁあああぁっ……うあ、あああああぁっ……!?」

熱精に膣奥を灼《や》かれて、毬子は激しく身悶えした。

卓もまた、こみ上げる快感にブルッと背骨を震わせる。陰嚢内に渦巻く欲望のすべてを出し切ろうと、射精しながら腰を振る。ぐちゅっ、ぐちゅっ、ぐちゅっ……精液まみれの膣内を撹拌し、二人の体液を混ぜあわせる。二度、三度、繰り返しペニスを脈動させ、ねっとりと濃厚な牡液で胎内を染めあげてゆく。

「はあっ……お腹の中、熱いです……」

ようやく射精を終えると、毬子はうっとりと頬を弛めた。

「僕も気持ちよかったよ。チンポが溶けてしまいそうだ」

「まだ、中がすごく敏感になってるみたい。子宮の中で、先生の精子がピチピチ動いてるのを感じます……」

どこまで本気なのかわからない調子で言いながら、毬子がゆっくりと腰を引く。ペニスが抜け落ちるのと同時に中出し汁も掻き出されて、トロトロと垂れ落ちてゆく。

「先生……あの……生徒とエッチ……中出しして……生徒のおまんこに、射精した気分はどうでしたか?」

また口調がぎこちなくなる。セックスの最中は我を忘れてあえいでいた毬子だが、改めてマイクを意識すると、平静ではいられないらしい。

「ああ。よかったよ。君は巨乳だし、すごく淫乱だから、抱いてて楽しいよ。最高のセックスフレンドだ」

「あのことは、ぜったいに秘密にしててくださいね? 先生が黙っててくださるなら、いつでもこうやって、おまんこを捧げますから」

硬い口調で言い終えると、毬子は襟元に手をやった。そしてマイクのスイッチを切り、改めて深呼吸——。

「今日の分はこれでいい?」

「はい……でも、ごめんなさい。これじゃますます先生の立場が……」

「僕の力不足だよ。せっかく頼ってくれたのに助けてあげられなかった。その上、毎日、こうやって君とセックスして……これじゃ結果的に、あいつと同じだな」

「違いますっ! 先生は……だって先生は、私を助けてくれたのに! もし一人だったら、私、自殺してたかもしれない。私は、先生に救われたんです！」

真剣に訴える毬子と、見つめ合うこと一呼吸、二呼吸——その気まずい沈黙に耐えかねたのか、毬子は床に跪《ひざまず》き、愛液まみれのペニスを両手で捧げ持った。

「毬子、なにを……⁉」

「私、先生には本当に感謝してるんです。あいつに命令されてるからじゃありません。私、先生のためになにかをしたい。でも私はばかで、無力で……だから、せめて私にできる恩返しをさせてください……」

そして舌を伸ばし、ついさっきまで自分の中に咥え込んでいたペニスをぴちゃぴちゃと舐め清め始める。

もう少しだ。

その姿を見下ろし、頬のあたりを撫でてやる。

もうすぐ毬子は完成する。恋人のように一途で、奴隷のように従順で、盛《さか》りのついた牝犬のように淫乱。そんな理想の女に仕上がるまで、あと一歩のところまで来ている——。

◇

『首尾はどうだ。あのブタ、丸め込めそうか？』

そんなメッセージを送ってやると、即座に返信が戻ってきた。

『大島先生は豚じゃありません』

その文面を見て内心ほくそ笑む。大島卓の存在は、日ごとに毬子の中で大きくなってきているようだった。

『聞いてねえよバカ』

だが浮き立つ気持ちは抑えて、彼女に罵倒メッセージを送りつける。

今の卓は「大島先生」ではなく、毬子の「ご主人様」だ。

一学期も終わりに近付いた日曜日の朝、卓はいつも逢い引きに使っている撮影スタジオに毬子を呼び出した。

最寄り駅からスタジオまでの道すがら、毬子を尾行することにしたのは、ちょっとした稚気《ちき》のつもりだった。今はスマートフォンを片手に歩く毬子の十五メートル後方を歩きながら、彼女の様子を観察している。

だからそれも、ほんのささやかな遊び心だ。

『止まれ。そこの角を右だ』

予想外のメッセージに、毬子は不思議そうに首を傾げた。

だが、彼女の弱みを握っている主人からの命令には逆らうわけにはいかない。

彼女の目の前に、二棟の雑居ビルに挟まれた小さな裏路地がある。

ビールケースが積み上げられ、壁からは空調の室外機が張り出した障害物だらけの小路だ。毬子は怪訝そうにしながらも、障害物を避け路地の奥へと進んでゆく。

まったく素直というか、ばか正直というべきか。

そんなふうだから個撮レイプなんていう、見え透いたやり口に引っかかるのだ。彼女のあとを追って自分も路地に入り、ポケットに突っ込んでいた目出し帽を取り出す——。

「ったく、間抜けな女だな。命令されりゃ、どこにでも行くのかよ」

そう口にするなり、背後から乳房を鷲掴みにしてやる。

「えっ……やっ、なんでっ……!?」

「決まってんだろ。お前を呼び出す用事なんて、一つしかありゃしねえじゃねえか」

「だって……だめ、ここ……外っ……」

バーや居酒屋が入った飲食ビルの裏路地だ。

以前から、この場所には目をつけていた。だから毬子を誘い込んだのだ。テナントはどれも仕事帰りの勤め人に酒食を提供するような店ばかりで、かき入れ時は平日夕方以降。休日の昼間はほとんど人の気配もなく、羞恥性癖を覚えたマゾ女をからかってやるにはちょうどいい遊び場だ。

「今さらだな。電車でも、公衆便所でもさんざんヤっただろ?」

ブラウスの胸もとに手をかけると、毬子は激しく身を捩った。

初体験の日以来の、思わぬ抵抗に気勢を削がれてしまう。

こんな人気《ひとけ》のない裏路地に比べたら、駅のトイレのほうがよほど危険というものだ。だが、理屈ではないのだろう。頭上には初夏の空。通りのほうからは賑やかな雑踏の音。まともな女が、こんな場所で裸になれるわけがない——。

「逆らってんじゃねえよ。脱げっつってんだろ!?」

まともな女なら、だ。

強く胸もとを引っ張ると夏物の薄生地が、びぢっ、といやな音を立てた。

「ま、待ってっ……だめ、脱ぎますからっ……」

ブラウスを破られたら、家に帰ることもできなくなってしまう。

そんな打算の結果だろうか、彼女は自分からボタンを外し、ブラウスの前をはだけた。さらに唇を噛み、固く両眼を閉じながら、ブラも外して両の乳房をさらけ出す。

「これで……いい、ですか……?」

これが笹岡毬子だ。

恐怖に折れやすく、苦痛に屈しやすく、快楽に流されやすい、弱すぎる女の子。彼女のそんな素質を見抜き、いっぱしのマゾ女に仕立て上げたのは卓の仕事だ。

「最初から素直にしてろよ。どうせ最後はアンアン言うんだからよお」

その剥き出しの乳房に無造作に手を伸ばす。

毬子がとっさに身体を反らした。

意図して逃げたというより、ほとんど反射的に。毬子が二歩ばかり後じさり、卓が三歩分だけ間合いを詰める。そうして背後の壁に追い詰めたところで、左右の乳房を両手で鷲掴みにする。

「く、うぅ、いやぁ……」

それをこね回してやると、毬子は切なげに頭を振った。

眉間に皺を寄せ、潤んだ瞳を辛そうに細める。

毬子を最初に犯した日に目にした――だが、最近はほとんど見せてくれなくなった顔だ。凌辱慣れしたマゾ女が取り繕ってみせる形だけの「いや」ではない、心からの拒絶の表情。

「……おい、お前まさか、マジであのブタに入れあげてるんじゃねぇだろうな？」

「や、やめてください。そんな言い方……」

「嘘だろ？　惚れたのか？　あんなキモブタに？　チョロいねぇ……スケベなマゾオタちゃんは、チンポついてりゃ誰でもいいのかよ⁉」

瞬間、毬子の瞳に本物の怒りが宿る。

この顔も、前に一度だけ見たことがある。毬子を屋上に呼び出し、彼女にとっての大切なものを頭ごなしに否定してしまった、あのときの表情だ。

「手間暇かけて躾けてやったのによ。あのブタに抱かせたのは失敗だったかねぇ」

チキチキチキッ……。

取り出したのはカッターナイフ。それをスカートの下に潜らせると、毬子は青ざめ固く両眼を閉じた。その長く伸ばした刃を彼女の肌に突き立てるかわりに、穿いていた下着をブツリと切り裂く。

小さなコットンパンツが残骸となって地べたに落ちた。

それでもまだ、毬子は気丈にこちらを睨んでいた。彼女を仕込んだ「ご主人さま」としては許せない態度だが……。

ありがとう、毬子。僕は君にとって、そんなにも大切な存在なんだね――――！

その昂揚が、ペニスをふだんにもまして熱く漲らせる。

熱を持った牡竿がビクビクと疼いている。それをズボンから取り出すと、毬子に詰め寄り、彼女の身体をビルの壁に押し付ける。スカートを捲って彼女の入り口に亀頭を押し当てると、毬子は眉を歪めて唇を噛んだ。

「おいおい、毬子。そりゃあ違うだろうよ」

そんな彼女の割れ目を、亀頭の先でグイグイと刺激する。

「あのブタが大事なら、媚を売るんだよ。色っぽくあえいで俺を楽しませるんだ。俺はあいつが、生徒と淫行していた証拠を握ってるんだぜ？」

「ひ、卑怯者っ……」

「知らなかったのか？」

そう告げるなり、毬子の膝裏に腕を入れて、右脚を抱え上げる。

強制的に大股を開かされて、毬子の割れ目がほどけた。そこにペニスを押し当て、膣肉を深々と刺し貫く。

「うぁっ……ぐ、んあっ、あああぁっ⁉」

懸命に張り通した意地とは裏腹に、彼女の牝穴はあまりにも脆くあっけない。

牝の悦びを覚えて久しい膣肉が、悦びの蜜を垂れ流しながらペニスのために道を開く。亀頭の丸みがひしめきあう濡れ襞を押し分け、奥へ、奥へと進んでゆく。

「あっ、あっ、あっ、あっ、あっ……中ぁ、ぐりぐりってぇ⁉」

やがて亀頭が最奥に届き、ずぅん、と鈍い衝撃が女体の隅々に響く。

ふらつく身体を支えようとしているのだろうか、首っ玉をかき抱くように両手をまわし、懸命に身体を押し付けてくるのがかわいらしい。

「ははは、それだ。そうやって色っぽく悶えて、俺の機嫌を取ってみろ！」

さらに毬子の左脚を取り、小柄な身体を抱え上げる。

真正面から女を抱き上げながら繋がりあう、俗に「駅弁」などと呼ばれる体位だ。

不安定な姿勢が心細いのだろう、毬子はますます強くしがみついてくる。その柔らかさとあたたかさが心地よい。戯れに膝を使って、その身体を弾ませてやると――。

「かはっ、あ、あぁ、深いぃっ!?」

毬子の身体がふわりと浮き、再び落下して深々と体奥を抉られる。

自分自身の体重を子宮で受け止める格好になり、毬子は激しく悶絶した。その刺激に耐えかねて身じろぎすると、密着した亀頭と子宮口とがくちくちと擦れあい、追い打ちの快楽電流が毬子の全身をざわつかせる。

「はははっ、なんだよ今の！　一発でイっちまったのか!?」

その鮮烈すぎる反応に気をよくして、なお激しく膝を使う。

ぐちゅっ、ぐちゅっ、ぐちゅっ……激しいピストンが膣内を抉る。

そのたびに、落下の勢いをつけた深挿入が毬子の子宮に突き刺さる。

下腹の奥に位置するその牝器官は、これまでに何度となく亀頭で殴られ、被虐の悦びを教え込まれてきた。その虐げられることに慣れたマゾ子宮が、今までで一番強い刺激に身悶えする。駅弁ピストンの衝撃が子宮内壁で反響し、増幅され――。

「あっ、あぁあああぁっ⁉　あ、あぁ……かはっ、ひ……うあ、あああああぁっ⁉」

そして毒々しいほどに甘い波濤となって全身に広がってゆく。

同時に大量の愛液があふれ、結合部からぶぢゅぶぢゅと搾り出される。ふだんにも増して濃厚なそれは、まるで本物の蜜のよう。熱を帯びたそれがねっとりと絡みつき、ペニスを茹であげてくる。

「イけよ。イけっ！　あのブタにどんなふうに抱かれた？　言ってみろよ。どうせつまんねえセックスしてたんだろう？」

「やっ、ちがっ……先生は……あっ、んんっ……」

「あのブタが、こんなふうにしてくれるのかぁ？　淫乱マゾのお前が、お上品なセックスでがまんできるのかよ。あいつはこんなふうに、お前をぶっ壊してくれるのかよっ！」

繰り返し膝を跳ねさせる。

何度となく毬子の肉体を弾ませ、亀頭で受け止める。

そのたびに子宮が身悶えし、膣肉が激しく収縮してペニスを抱きしめてくる。そこで再び膝を使って熱烈な抱擁を振りほどき、毬子の肉体を弾ませる。

「あっ、あぁ、やめっ……ひっ、くらひゃいっ……怖い……息、できないっ……」

ガクガクと揺さぶられながら、毬子は必死に縋りついてくる。

心の半分で、このマゾ女を徹底的に支配してやりたいと思っている。

もう半分では、この凌辱に負けずに耐え抜いてほしいと思っている。

どちらが本心なのか自分でもわからない。

わかっているのは、この激烈な快感はそう長くは続かないということだ。

毬子はさっきからずっとイきっぱなしで、膣内が激しく媚痙攣を繰り返している。

その蠢く膣肉が、ぎゅちぎゅちとペニスを絞っている。痛いくらいに締め付けてくる膣肉を、ねっとりした濃愛蜜で滑らせピストンを繰り返す。そのたびに竿全体を痺れさせるような快感が走り、甘い電流が背骨を駆け上がって頭の中をガツンと殴り付けるのだ。

「このまんこは誰のものだ。言ってみろ、毬子ぉ！」

ぐちゅちゅっ！

ひときわ強い突き込みを子宮に叩き込む。

そのまま一転、今度は小刻みに腰を揺すり始める。亀頭と奥壁を密着させ、くちっ、くちっ、くちっ、と繰り返し刺激する。小さく速いピストンで、射精寸前のペニスを追い込んでゆくときのやりかただ。それを察したのか、毬子も次にくる衝撃を予感してギュッと固く目を閉じる――。

「はぁーっ……ああ、あぐっ、……く、ひぃ、あ、はぁ、あぁっ……あああああぁっ⁉」

次の瞬間、熱精が迸り毬子の膣内に叩きつけられた。

高まりきった快感を凝縮したかのように濃厚な牡汁が、毬子の子宮にべったりと絡みつく。その熱に炙られながら、毬子がガクガクと身体を震わせる。両腕で卓の頭をかき抱く。膣肉で卓のペニスを抱きしめる。激しい快感に吹き飛ばされそうな身体をつなぎ止めようと、強く、強くしがみついてくる――。

「はぁーっ……はぁーっ……はぁーっ……はぁ、ふうぅ……はぁ、はふっ……」

その熱烈な抱擁が弛んだのは、長い射精が終わって一分ほど過ぎたころだった。

卓が手を離すと、抱え上げられていた脚がトスンと地面に落ちた。ひさびさに二本足で地面を踏んだ毬子は、だがまるで立ち方を忘れてしまったかのように、その場にへたり込んだ。裸の尻が地べたにベチャリと投げ出されて、汗と愛液まみれの太ももに土汚れがこびりつく。

卓もまた、激しい脱力感に襲われていた。

毬子を仕込んだ飼い主として「大島先生」に嫉妬していたし、毬子を愛する一人の男として「ご主人さま」に嫉妬していた。その理不尽な苛立ちすべてを毬子の身体にぶつけたのだ。激しい駅弁ピストンの後遺症だろう、膝や腰のあたりにはひどい疲労感が絡みついている。

「来月、お前らオタクどものお祭りがあったな。コミパっつったか？」

気怠い身体を背後の壁にもたせかけながら、卓は告げた。

「行くのか？」

「はい……」

「ちょうどいいや。そこで遊んでやるぜ。お前のマゾブタぶりを、クソオタどもに披露するってのはどうだ？」

「だ、だめですっ！　そんなの……だって……」

「露出マゾにはちょうどいいお楽しみだろ？　なにしろお前は、こんな真っ昼間の路地裏で、デカパイとまんこをさらけ出してガチイキするようなド変態だもんなあ？」

その言葉で忘れかけていた羞恥心を取り戻したのだろう、毬子は慌ててはだけていたブラウスをかき合わせた。そして割座で地面にへたり込んだまま、背中を丸めて深く、深くうつむいた。

◇

コミパは、毎年夏に開催される大規模な同人誌即売会だ。

といっても実態は同人誌に限らない、オタク関連の総合イベントだ。ゲームメーカーや出版社はここぞとばかりに会場限定商品を販売するし、コスプレ広場では色とりどりのレイヤーたちが華を競っている。

錦戸たちも学漫系でサークル参加するとかで、先日、学園外活動の申請書に顧問印を押してやったばかりだ。連中はMARIをコスプレ売り子に当て込んでいたようだが、そうはさせない。当日の毬子は、卓といっしょに行動することになっている。

『次はコミパか。まったく、あの手この手だな』

不安がる毬子の前で、卓は難しい顔をしてみせた。

『そこで、なにをするつもりなんでしょう……』

『わからない……けど、考えようによっては、危険は少ないと思う。まわりに何万人もの客がいる中で、そうそうふざけたまねはできないだろう。念のため僕もいっしょについていって、おかしなことがないか警戒しておくよ』

毬子には、そう言い含めてある。

大島卓としてのアドバイスだ。だがそれとは別に、「ご主人さま」として送りつけたテキストメッセージが一通。

『お前のために、ぴったりの衣装を用意してやったぜ。痴女丸出しのエロコスで、お前の下品なデカパイをたっぷり視姦してもらってくるんだな』

それと併せて、ネット通販で用意したコスプレ衣装も送りつけてやった。

毬子の魅力をこの上なく引き立ててくれそうな逸品だ。カメコどもに撮らせてやるのはもったいないが、同時に自慢してやりたい気持ちもある。どうだ、この美貌は？　この爆乳は？　ネットで何千人もの男どもを夢中にさせているＭＡＲＩが俺の女なんだ――と。

そしてコミパ当日。

コスプレ広場で待っていると、ほどなく毬子はやってきた。

すでに更衣室で着替えを済ませたようで、用意してやったコスプレ衣装を身に着けている。サーコート風の鮮やかなドレスに、ミニスカートとニーハイソックス。少し前に流行った格ゲーキャラのコスチュームだ。

そんな毬子を、周囲のカメコやレイヤーたちがチラチラと眺めていた。多くは賞賛と欲情の――だがその中に、非難するような視線も混じっている。

「うわ……なに、あのおっぱい」

「いるよね、ああいうの。作品とかどうでもよくて、男にカラダ見せに来てる女」

無理もない。いわゆる「露出系」のレイヤーは賛否両論で、バッシング対象にされることもしばしばだ。

まして毬子が身に着けているそれはカスタマイズオーダーで、スカート丈はアンダースコートが見えてしまうギリギリまで裾上げしてあるし、ビスチェ形状の胸もとは、ともすれば乳輪がこぼれてしまいそうなくらいカップを浅く作ってある。十八禁ゲームと見紛うばかりにアレンジしたコスチュームは毬子の爆乳を隠すにはあまりにも頼りなく、ボリュームたっぷりの両乳房が作る白い谷間が剥き出しになっていた。今の毬子はまさしく、原作への愛がない露出目的のエロ女そのもの。学級会好きのレイヤー仲間から真っ先に吊るし上げられるタイプだ。

「すみません、写真いいですか？」

だが、まさにその露出レイヤー狙いのカメコどもには、生真面目屋たちが囀《さえず》るお小言なんて関係ない。

毬子が不安げに、隣に立つ卓の顔を見上げる。

そんな彼女に頷き返すと、毬子は腹を括ったようだった。

「はい、わかりました……」

「ありがとうございます。ポーズお願いしていいですか？」

「あ、俺も！　一枚お願いします」

「こっちも目線もらっていいですかー？」

「えっ、あ、あの……はい……」

最初の一人にOKしたとたん、次から次へとカメコたちが集まり囲み撮影が始まった。

カメラ小僧なんて言っても、実際は四十、五十の親父どもだ。そんな彼らが卓の給料数ヶ月分ほどもしそうな機材をぶら下げて、娘みたいな年頃のレイヤーに群がっている様子は、傍からみると、どうにも不気味に思える。それを一番感じているのは毬子のようで、周囲

をびっしり取り囲んでレンズを向ける彼らに圧倒されて、頬のあたりを引き攣《ひ》《つ》らせていた。

「ちょっと前屈みになってもらえますか？」

「腰を捻って、お尻突き出したポーズお願いします。原作イメージで！」

だがそんなのはお構いなしで、彼らは次々と図々しい要求を飛ばしてくる。

人がいい毬子は、そんな注文にいちいち律儀に応えて、へたくそな作り笑いを浮かべていた。ネットでの男あしらいは上手なＭＡＲＩだが、欲望まみれの人いきれとリアルで対面すると、どうにも気を呑まれてしまうらしい。

と、そんな中、毬子の足下でシャッター音が鳴った。地面すれすれからレイヤーのスカートの中を狙う、いわゆる「ローアングラー」って連中だ。

「えっ、あの、今……あの、下から……？」

毬子が呆然と立ち尽くす。

堂々と女性の足下にカメラを差し入れて股間を撮影するなんて。まさかそんな人がいるわけない、勘違いかも知れない——きっとそんなことを考えているのだろう。

そんなことをしている間にも、カシャッ、カシャッ、カシャッ……次々と毬子の足下にカメラやスマートフォンが差し出され、無遠慮なシャッター音が鳴り響く。

最初の一人にきっちり対処しなかったのがまずかったのだろう。「このレイヤーさんはローアングル撮影ＯＫの人」という雰囲気ができあがってしまい、次々と無遠慮なレンズがっていた。

毬子へと向けられる。囲みの輪も一段と小さくなり、ほとんど満員電車のような有様にな
「ポーズ変えてもらっていいですか？　もっと大人っぽい感じで」

「ねえ、スカートめくってよ。エッチなところ撮ってあげるから」

「こっち全然視線来てないよ。なんでほかのやつらばっかり贔屓《ひいき》するわけ⁉」

そして「ローアングルＯＫ」から「セクハラＯＫ」まではあっという間だ。

最初は低姿勢だったリクエストが、次第に命令に変わってゆく。

その内容も次第に露骨に、大胆に。カメラを胸の谷間に向けて堂々と接写するやつもい
るし、人混みに紛れて肩やふくらはぎを触ってくる者も。

「あ、あの、困ります……みなさん……私、こういうのは……」

はあぁっ……と毬子は長い吐息を漏らした。

いつの間にか彼女の肌が赤らみ、表情が弛み始めていた。囲みの最前列にいた数人が、そ
れを見てぎょっとした表情を浮かべる。

「なんか……お姉さん、エロいっすね？」

「え、えぇ……？」

カシャッ、と間近からその困惑顔を撮影される。

連中が持っているそれは、カメラの形をしたペニスだ。

彼らはそのレンズ越しに、被写体めがけて自分の欲望を射精する。数十人分のそれを浴びて、露出マゾの本性が反応しているのだ。

その淫貌に煽られたカメコたちが次々とシャッターを切る。スカートの中を。大きく開いた胸もとを。バシャッ、バシャッ、バシャッ……フラッシュとシャッター音に肌を叩かれるたび、毬子は困惑したように眉を歪める——。

「すみません、そろそろカウントいいですか？」

そこでようやく、卓は割って入った。

「だれ、あんた？　なんでいきなし仕切ってんの？」

「彼女の連れです。休憩させてあげたいんで、カウントで解散してください。じゅーう、きゅーう、はぁーち、なぁーな……」

いわゆる「囲み撮影」ってやつの切り上げ方は、予めネットで調べておいた。

卓が解散へのカウントダウンを始めると、最後の思い残しとばかりにカメコたちがシャッターを切り始める。次々と浴びせかけられる音と光が、毬子の表情をドロドロに汚してゆく——。

囲み撮影から助け出しても、まだ毬子は心ここにあらずと言った様子で、足下もふらふらとおぼつかない。

群がる男たちに緊張し、彼らの熱気に困惑し、それでもかまわずシャッターとフラッシュを浴びせかけられた。まだその感覚が抜けきらないのか毬子の瞳は熱っぽく潤み、視線もぼんやりと定まらない。

「なんか……すごく、びっくりしちゃいました。ああいうの初めてで……」

「ライブ配信なんてやってたのに？」

「だって……やっぱりネットは、さっきの人たちとは違います。今まで個人撮影で会ったのも、みんな礼儀正しいおじさんばっかりだったし」

「誰だって信用させるまでは紳士的に振る舞うさ。さっきのカメコたちだって、最初はおとなしかっただろう？」

「それは……そうでした、けど……」

「君の生配信を見ていた男たちも、ひょっとしたら、あのカメコたちと似たり寄ったりの連中だったのかもしれないね」

「そうですよね……私、なんにもわかってなかったのかな……」

毬子が表情を強張らせ、卓の腕にしがみついてくる。

彼女にコミパに出るよう命じたのは、男という生物の本性を見せつけ、生主活動への未練を断ち切ってやるためだ。

紳士を装う個撮親父や、調子いいコメントを送ってくる認知厨どもが、腹の底でどんなことを考えているのか。欲望剥き出しで詰め寄ってくる牡どもの姿を目の当《まあ》たりにした彼女は、もう二度と「純粋にアニメが好きなだけのお友達」なんてたわごとを言えなくなるだろう。ネットで自分のことをもてはやすファンたちにも、漫研の先輩部員たちにもだ。

「私、ちゃんと先生の言うこと聞いていればよかった。屋上で言われた通りにしていたら、悪いことなんてなにも起きなかったのに……」

チラリと横目をやると、大きく開いた胸もとが目に入った。バストを強調するコスチュームだけに、毬子の爆乳がふだんにも増して際立つ。

「……気になりますか？」

「ごめん。これじゃ、あの連中といっしょだな」

「かまいません。先生に見てもらうのは好きですから」

毬子は、いたずらっぽく笑った。

「でも、見るだけでいいんですか？」

「おいおい、笹岡さん……」

「二人のときは毬子でしょう？」

そして卓の腕を引き、耳元に唇を寄せる。

「私は、見てもらうだけじゃむり。オチンポしたい……先生に抱いてほしいです……」

あの囲み撮影は、毬子の性本能に火を付けてしまった。

その熱がまだ身体の中に残っているのだろう。ぐずぐずにとろけきった表情で、毬子はこちらを見つめ返してきた。

コミパ会場付近は埋め立て地で、開けた敷地に公園や緑地も整備されている。

だから物陰は多いが、通行人も多い。数万からのオタクどもが押し寄せているのだから、どこに行っても完全に人目を逃れられる場所なんてありやしない。

そんな中を歩いていると、すれ違う連中が、どいつもこいつも毬子に注目しているのに気がつく。

毬子もそれは感じているようで、短すぎるスカートや、半分剥き出しの乳房をしきりに気にしていた。色白の肌がほんのり赤らんでいるのは、露出マゾの性癖に火がついてしまったせいだろう。差し向けられる視線が、ちょうどいい愛撫になっているのだ。

セックス、したいです。先生のオチンポください……私とおまんこしてください——。

すぐ隣を歩く毬子が、そんな無言のオーラを放って誘惑してくる。

彼女はとびきりのマゾで、その肉体は隅々までセックスの毒に汚染されている。

そのことをどこまで自覚しているのだろう。こうして彼女と並んで歩いていると、卓のほうまでその毒に侵されてしまう。ガマン汁が脳までまわって、さっきからずっと、毬子を抱くことばかり考えている。

ふと、小さな公園が目に入った。

小さく仕切られた区画内に芝生や植え込みが整備されて、ちょっとした林のようになっている。卓は出し抜けに毬子の手首を掴むと、ぐいぐいと引っ張りながら、その木立の奥へと踏み込んでゆく。

「せ、先生っ……⁉」

卓の意図を察したのだろう、毬子は戸惑いとともに見つめてきた。潤んだ瞳には「まさか」と「やっと」が同居して、相反する気持ちの間で頼りなく揺らいでいる。

「君が誘ったんだ。それとも、どこかのホテルに着くまでがまんできるかい？」

返事も聞かずに、ビスチェの胸もとをずらして両乳房を露出させる。

それだけで、彼女の心のシーソーはあっけなく傾いた。

やっと抱いてもらえる――！

いやがるどころか、堪えきれない悦びに毬子は表情を弛ませた。

適当な立木を背もたれがわりに毬子を立たせ、スカートをめくり上げる。

白いアンダースコートの中央に愛液が色濃い染みを作っている。いつからこうなっていたのだろう、ひょっとしたらカメコ連中が撮った写真には、そんな恥ずかしい有様まで映っていたかもしれない。

そのアンダースコートを脱がすと、汁まみれの秘部があらわになった。割れ目から覗く薄い肉ビラはうっすらと充血してふだんよりも赤みを増し、染み出した愛液を絡めててらてらと濡れ光っている。

「こんな場所……人に見られちゃうかも……」

毬子が口にしたのは、自分自身を昂《たか》ぶらせるための言葉の愛戯だ。

それがわかっているから卓も止まれない。自らもペニスを取り出し、彼女の入り口に押し付ける。先端から滲むカウパーを、さながらリップクリームのように、彼女の薄赤い秘唇にぬらぬらと塗りつける。

「せんせっ……あぁ、せんせぇ……あのっ……私っ、早くっ……」

焦らし気味の愛撫に耐えかねたかのように、毬子が自分から腰を揺すり、濡れた穴口で亀頭を舐めまわしてきた。その健気な催促に応えて、ほしがり屋の膣内に思い切りペニスを突き入れる。

「あ、あぁ、オチンポ……先生の大きなオチンポ、いきなり、入っちゃったぁっ⁉」

誰かに見られるかもしれない――だがかまうものか。

だれかに見つかっても、通報するほど生真面目なやつはそういないだろう。それならいっそ、出歯亀どもに見せつけてやるぐらいのつもりで思い切り腰を振りたてる。

「君がそうしてくれって頼んだんだろう？」

「だって、それは……あっ、あんんっ⁉」

　ごちゅっ、と奥壁を強く突き上げる。その衝撃に耐えかねた毬子は、足首をピンと伸ばし、爪先立ちになり、プルプルと全身を震わせた。ちょうど奥壁で体重を支えるような格好になり、押し潰された子宮が驚いて、下腹の奥で身悶えしている。

「君はエッチな子だね」

　そう言うなり、毬子の片脚を掴んで抱え上げる。

　大股開きにさせられると羞恥心がいや増すのだろう、毬子は切なげに身体をくねらせた。それと連動するかのように、膣筒も身を捩ってうねうねとペニスを甘揉みしてくる。

「本当は僕じゃなくて、チンポがあれば誰でもいいんじゃないか？　あいつが相手でも、さっきのカメコたちでも」

「ち、違いますっ……！」

　もちろん、彼女はそう言うだろう。

　だが卓は「ご主人さま」といっしょのときの彼女も知っている。あの、決して抗いえない支配者を仰ぎ見る表情を。彼女が自分に向けてくれる敬慕は嬉しいが、あいつに比べると軽く見られているな——なんて、自分自身に嫉妬してしまうこともある。

「さっきだって、写真を撮られながら興奮してたんじゃないのか？」

「ち、違います……本当に違うの……」

「だって、写真を撮られながらまんこを濡らしてたじゃないか。あいつらだって気付いてたぞ？　きっと家に帰ってから、毬子の染みつきパンツの写真で抜きまくるんだろうな」

毬子が目を伏せ、小さくいやいやをする。

だのに彼女の膣内は、そんな雑言にも敏感に反応していた。無数の穴襞がざわめき、その隙間からねっとりした汁が染み出してくる。

「そらみろ、やっぱり、中までぐちょぐちょだ」

その汁でぬめらせながら、ゆっくりと亀頭を前後させる。

よだれまみれの無数の舌がひしめきあっているかのような、よくうねり、よく潤み、起伏に富んだ膣内。ふだんよりも膣内が熱くほぐれているのは、カメコたちの視線の愛撫が効いてるのだろうか。さっきも数十人分の欲情にあてられて、軽く甘イキぐらいしていたのかもしれない。

「あ、あんっ……ごめんなさい、先生っ」

「謝るって言うことは、認めるんだね？」

その余熱を、より熱い快感で塗りつぶす。

ぐちゅりと奥深くを突き抉り、毬子を悶えさせる。熱で弛んだバターのようにトロトロの膣内を小突きまわすうち、毬子の声が次第に高く、切迫した響きを帯びてゆく。

「ん、ああ、あぁ、オチンポいいっ……いいのぉ！」

そのトロ肉が収縮し、にわかに硬さを取り戻した。

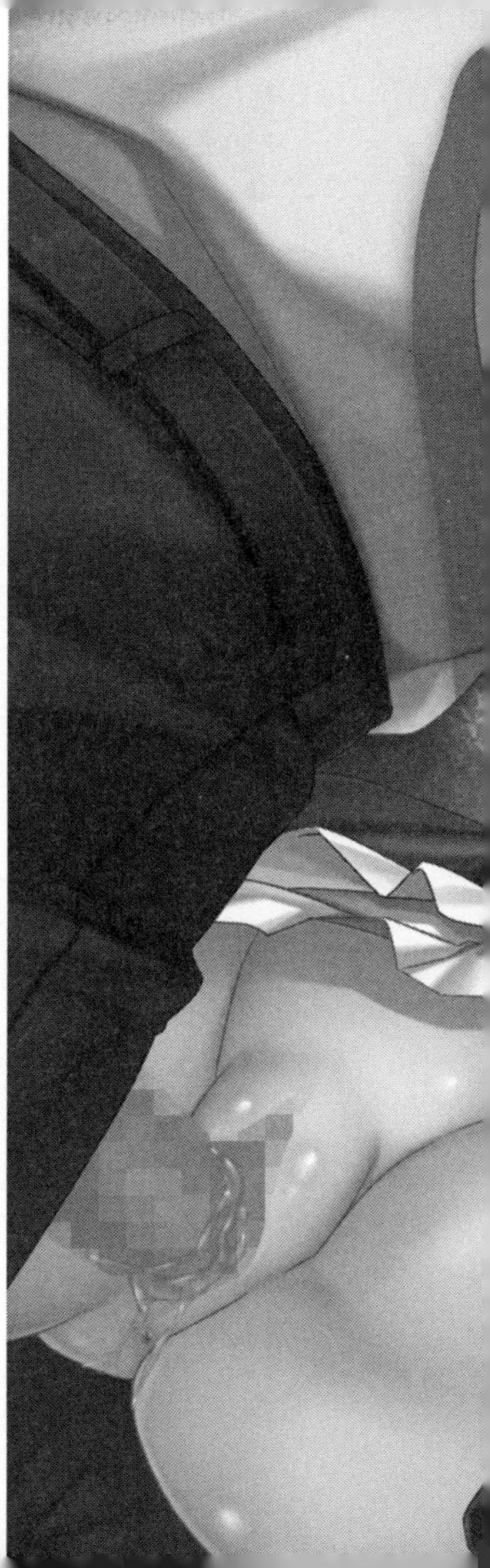

弛んだバターから、弾力のあるグミのように。コリコリと心地良い感触とともにペニスを抱きしめながら、小刻みに微痙攣を繰り返す。まるで処女のころに戻ったかのような硬さでペニスを締め付けながら、強く腰を押し付け――。

「はぁ……ああ、あぁ……せんせぇ……好きぃ……」

そして一気に脱力する。

大量の蜜液が分泌され、膣肉をさっきまでよりも、なお柔らかく弛ませる。

「またイったんだ？」

「だって……イっちゃいます。こんなに深くまで、ズコズコってオチンポされたら……」

その声音も、表情も弛みきり、卓が支えるのをやめたら、すぐさま身体ごと地面に溶け落ちてしまいそうな有様だった。

牝の悦びに浸りきったその弛んだ身体を、さらに激しく抉り込む。

熱く濃厚な愛汁をかきまわすように。ぐずぐずにとろけた媚肉を突き崩すように。その一突きごとに絶頂しているのだろうか、毬子が激しく身悶えする。脳みそまでシロップで煮込んだような甘蜜顔から、ギュッと眉根を寄せた切なげなイキ顔へ。そして絶頂の波が去ると、甘美な余韻にまた表情を弛ませる。その百面相と同じリズムで、膣肉もまた弛緩と収縮を繰り返していた。

——うわ……なんだよ、あれ。マジかよ。

夏風にさざめく葉ずれの音に混じって、かすかにそんな声が聞こえてくる。

「せんせっ……あのっ……人っ……」

「平気だよ」

今さら止められるわけがない。

あいつならそうする。ペットの前で、飼い主が弱気になんてなれるものか。

「見せつけてやれ。お前がどんなに淫乱なマゾブタなのか。なあ、毬子」

自然とそんな言葉が出てきた。

言葉の鞭で打たれた毬子が、陶然とこちらを見上げてくる。

「おらイけっ！　ド変態のマゾブタらしく、ブウブウ鳴いてイってみせろっ！」

その淫猥が、卓の嗜虐癖に火をつける。

思い切り突き上げると、毬子の身体がずり上がった。

そのまま体重ごと叩きつけるようなピストンを繰り返す。

あいつがいつも毬子にしている、女の肉体を突き壊すような乱暴な腰使いだ。そのたびに、二人分の体重を受け止める立木が揺れ、葉ずれの音が鳴る。小柄な少女が受け止めるには過酷すぎる獣欲を、かまわずその肉体に叩き込む。

「うあっ、あっ、んぐ……ひぐ、うあっ……あっ……うあ、おぉっ、おぁあぁっ⁉」

ごぢゅっ、と子宮を殴り付けるたびに、彼女は息を詰まらせる。

だがそれでも叫ばずにはいられないのだろう、何度も途切れ途切れにあえぐ。その姿が、ますます牡の支配欲求を加速させる。

——あれ、イってるよ。どう見てもイってるよな。

——あんなメチャクチャされて平気なのかな。あの女、エロすぎだって……。

かすかに聞こえる声が、ますますピストンを加速させる。

彼女をあえがせているのは僕だ。毬子は俺の女だ。多くのＭＡＲＩファンを夢中にさせ、数え切れないほどのカメコどもが熱狂していた、最高の女が俺のチンポであえいでいる！

「あっ、ああっ、イくっ……大きいのが、あっ、来るっ……だめ、ああ、あああぁっ！」

毬子が切迫した声をあげる。

彼女の両手に力が篭もり、卓の身体に爪を立てる。

被虐の甘みで芯まで煮込まれた毬子は、これだけ抉り込まれてもまだ足りないとばかりに身体をすりつけてくる。その感極まったマゾ穴の最奥めがけて――。

「あ、ああ、ああっ……あひっ……あぁ、あぁ、あぁ、ああああああっ!?」

びゅっ、びゅくっ、どばびゅるるるっ――熱汁が迸る。

ふだんにも増して、熱く大量の精汁が。毬子の膝が揺れる。腰がわななく。崩れ落ちそうな身体を支えようと、毬子が必死に抱きついてくる。やがて大量の精液を最後の一滴まで注ぎ終えると、二人は揃って深く長い息を吐いた。

「はぁ、ああ、んんっ……あ、ありがとう、ございました……」

毬子の口から、自然とそんな言葉が出てきた。

ほとんど無意識に、快楽に陶然とする唇からこぼれ出た一言。ペニスに屈服した牝だけが口にできる、心からの感謝の言葉だ。

「まだだ。なに一人だけ満足してるんだよ」

だから卓のほうからも、自然とそんな言葉が出てくる。

毬子の健気さが、卓のサディズムに火を付ける。たった今、射精したばかりのペニスが、まだ犯し足りないとばかりに隆々とそそり立っていた。

「脱げ」

「えっ……ここ、外……」

「脱ぐんだ。聞こえなかったのか？」

居丈高なその声が、今度は毬子のマゾヒズムに着火する。

力の入らない手足を引きずり、毬子はよろよろと立ち上がった。そして自らを包む衣服を取り去り、一糸まとわぬ姿になってゆく。

——えっマジ？　まだやるの？　あの男、鬼畜すぎだって。

——っつか、あの女の子のほうがマゾすぎでしょ。普通、言われてもやんないよ……。

周囲から流れてくる囁き声が、耳孔を通して卓の性本能をくすぐる。

それは毬子も同様のようで、周囲の声に耳をそばだてながら、落ち着きなく裸身を震わせていた。

「いいぞ、来い。自分でハメるんだ」

地べたにあぐらをかく卓に、毬子がおずおずと歩み酔ってくる。

そして後ろ向きになり、ゆっくり、ゆっくりと腰を落としてゆく。

「あ、ああ、ああ、あああああっ……は、入って、くるっ……！」

濡れた亀頭が、濡れた秘裂をこじ開ける。さっき絶頂したばかりの膣肉は弛みきって、軽く押してやるだけで容易にペニスのための道を拓いてゆく。

「だめっ……これっ……き、気持ちいい……気持ちいいのっ！　外なのに……みんな見てるのにぃっ！　わ、わたし……変態みたいっ……いやらしい、マゾになっちゃうぅっ！」

身体の中心を深々と貫かれながら、哀れなマゾ牝は惨めな鳴き声をあげた。

◇

先日来、毬子は変わった。

以前の彼女は、少し卓のことを軽く見ていたふしがある。

なにしろ自分からコスプレをして、生配信や個撮をするような女子生徒だ。内向きの性格に見えても、ルックスにはそれなりの自信があるのだろう。それが校内でもばかにされている非モテ教師を相手にしているのだから、ナメるなというほうがむりな話だ。

だが先日、コミパ会場で荒っぽく抱いてやったのが効いたらしい。彼女は前にも増して、しおらしく従順になった。被虐体質の彼女には、自分を虐げてくれる飼い主が必要だったのだろう。

コミパから帰ったあと、数枚の写真を毬子に見せた。

囲み撮影をしていたカメコたちを遠巻きに写したものだ。大がかりな撮影機材を手に群がる親父どもから、卓と似た背格好の何人かを指さし——。

「この中に犯人らしいのはいるかな。この人とかは？」

「わかりません。でも……」

「違ってた？」

「いえ、そっくりだと思います。そうです……この人です。体格も似たような感じだし、覆面から見えていた目や口もこんな感じでした」

しばらく誘導してやると、毬子は見ず知らずのカメコの一人を指名した。

『そうか。やっぱり、犯人はあの中に混ざってたんだな。毬子に恥ずかしいコスプレをさせて、まんこをぐちょぐちょにしているところを、すぐ近くで見て嗤《わら》ってたんだ』

真剣に怒ったふりをしながら内心で苦笑いする。

犯人に一番そっくりな男なら、彼女のすぐ隣にいるというのに。

今の毬子にとって、大島先生は自分を本気で心配してくれた恩師であり、自分のせいで事件に巻き込まれてしまった犠牲者であり、自分を気持ちよくしてくれるセックスフレンドであり、自分をイき狂わせてくれるご主人さまだ。二重三重の鎖に縛られた彼女は、もはや彼女は卓を疑うことも、卓から離れることもできやしない。

「この写真をもとに探してみよう。興信所にでも頼めば、なにかわかるかもしれない」

あとは奪い取るだけだ。

彼女の首にかけられた最も太い一本。ただひとつだけ「大島先生」以外の手に伸びているてきたのだ。

奴隷の鎖を。前の飼い主にはご退場いただき、彼女を完全に自分のものにするときがやってきたのだ。

「やつの正体がわかったよ。探偵に頼んで、この前の男を捜してもらったんだ」

ある放課後の屋上。

出し抜けに告げた卓を、毬子はぽかんと見返してきた。

「本当に⁉」

「蛇の道はなんとやらってやつだな。あんな写真一枚でよくやってくれたよ。本名や住所氏名もわかっている。あいつの弱みを、こちらがひとつ握ったことになるな」

「じゃあ……じゃあ、私、助かったんですか……？」

「やり方はふたつ考えられる。相手の素性がわかってるってのは大きな強みだ。この情報を盾に直談判して手を引かせるか、あるいは警察に届けるかだ」

「警察に⁉　で、でも……」

「充分な証拠もなしに届け出て、任意の事情聴取になるのが怖かったんだ。余計な暇を与えたら、やぶれかぶれになったあいつに写真をバラまかれかねない」

「そう……ですよね……」

「だけど、もうあいつの住所氏名もわかってる。送られてきた写真や、スマホのログもある。これだけ証拠が揃っていれば、すぐ逮捕してくれるさ。警察だって専門家だ。あいつに余計なことをする暇も与えないように、事情を話してよく頼んでおけばいい」

「本当ですか!?　ありがとうございます、せん……せ……？」

毬子の声音が曇った。朗報と裏腹に、卓が浮かべている複雑な表情に気付いたのだ。

「あ、そうか。先生の録音……」

「あいつは逮捕されたら、きっと警察で僕のことも証言するだろうな。でも仕方ないさ。僕が君を抱いてしまったのは事実だ。自分の罪は自分で償うよ」

「罪なんかじゃありません！　先生は、あいつとは違う……！」

「世間から見ればどちらもいっしょさ。僕は生徒に手をだした淫行教師だ。でも気にしなくていい。毬子は自分自身が幸せになるために、必要なことをするんだ。いいね？」

「だって……それは、だめです……」

敬愛する大島先生を巻き込むなんて、今の毬子にできるはずがない。そうなるように、今までたっぷり時間をかけて、彼女の心に何重もの鎖をかけてきたのだ。

「……わかりました。私、警察に行きます」

小さなこぶしをキュッと胸の前で握り、毬子は過呼吸気味に息をあえがせた。

「でも一度だけ、あの人と話をさせてください。私、ずっと逃げてばっかりだったけど……でも、今度こそ勇気を出します。あの人が、もう私に手を出さないって約束してくれるなら、私も事件のことは忘れます。警察に届けるのは、そのあとでもいいでしょう？」

「毬子、君は……」

「私、あの人にいろいろなものを奪われました。その上、先生まで失くしてしまうなんて耐えられない……」

自身を縛る鎖の重みに圧《お》し潰《つぶ》されそうになりながら、あえぐように言う。

静かな――だがふだんの彼女らしからぬ、強い決意を込めた声だった。


その翌日、犯人からの呼び出しに応えて、毬子はいつものスタジオにやってきた。

「もう、ひどいことはしないでください。あなたの言うことなんかききません――」

「ああ、なんか言ったか？」

必死の覚悟の彼女に、覆面から覗く目を、ことさらに意地悪く歪めて睨み付ける。

「こ、これ以上私を脅すつもりなら警察に行きます！　写真をばらまかれてもかまいません。これから先もずっと脅され続けるよりは、そのほうがずっとましですっ！」

「わかったわかった。さっさと脱いでまんこを見せてみな？」

「ふざけないでください！」

虚勢を張ったつもりだろうが、声のはしが震えていた。

その健気な態度に胸が熱くなる。あの弱く頼りなかった毬子が、それでも懸命に堪えてくれている。自分の都合だけなら、すぐさま警察に駆け込めばいい。そうさせないためにいくつも罠を張った。もっともらしい口車で毬子の思考を誘導し、声優学校仕込みの名演技で毬子の気持ちを操った。だが、それでも最後はギャンブルだ。毬子が警察に駆け込んだらおしまいだったが、踏みとどまってくれた。

「ふざけてんのはどっちだよ。あのブタを引き込んだのは失敗だったかねえ」

「せ、先生は、関係ありません……」

卓のためだ。自分が怖い思いをしてでも、大島先生のために耐えることを選んでくれたのだ。そんな彼女の気持ちがたまらなく心に染み入る。

「こ、これっ……この写真！」

そう言って、毬子はスマートフォンを突きつけてきた。その中に映っていたコミパの写真をピンチインして、カメコの一人を画面に大映しにする。

「これ、あなたですよね。こっちはもう、あなたの素性だってわかってるんです」

「てめえっ……！」

声音にあからさまな怒気を込めると、毬子はたじろぎ息を詰まらせた。だがそれでも懸命にこらえ、こちらを睨み返してくる。

「手を引いてください。そうすれば、許してあげますから……」

「許すってなんだよ。お前だって、いっつも悦んでたじゃねえか」

「とぼけないでくださいっ！ わ、私を騙して、このスタジオでレイプしたくせに！」

「はあ？ あんときは和姦だったろ？ 楽しい撮影会のあとで、おめえが自分から『おまんこしてください』っておねだりしてきたんじゃなかったか？」

「ふざけないで……ぎゃうっ⁉」

毬子の身体が仰け反った。弾けるように二歩、三歩、後じさったかと思うと床の上にへたり込む。

「ああ、そういえば違ったかな。のこのこ犯されに来たバカ女を、こいつで躾けてやったんだったか」

最初に毬子を襲ったときに使ったスタンガンだ。それを目にした毬子の顔から、たちまち血の気が引いてゆく。

「なあ、なんとか言ってみろよ？」

「やめ……い、ぎぃあぁっ⁉」

再び仰け反り、仰向けにひっくり返る。勢いよく床に頭を打ち付け、ごづっ、と鈍い音が鳴った。だがそれを痛がる余裕もなく、力の入らない手足をヒクヒクと蠢《うごめ》かせている。

この上なく、哀れで惨めな姿だった。

愛しい毬子のそんな有様を見ていると、胸が苦しくなる。

でも止めるわけにはいかない。先生が好き——セックスの最中に彼女が幾度となく口にするその言葉が、真実であるか確かめなくてはならない。これはそのための、愛情の負荷テストだ。

「だって……だめ……わ、わたし、ぜったいっ……」

「よく喋るオナホだなあ？　お前の口は、チンポ咥えるためにあるんだろうが！」

バヂヂッ！　スパーク音が鳴り、毬子が床の上をのたうつ。

だがそれでも必死に痛みに耐え、彼女はにらみ返してくる。以前の毬子なら、もうとっくに屈服していただろうに。その気丈さを心の中で賞賛しながら――バヂッ、バチチッ、バヂィッ……その身体に電撃を二度、三度。

「や、やめっ……ごめ、な、さいっ……」

だが四度目で、ついに泣きが入った。

「ようやく自分の立場がわかったみてぇだな？」

「わたしっ……ひぐっ……おなほ……逆らい、ま、せん、から……でんき、いや……」

あの弱い毬子がよく耐えた。

だがそれでも、幾許かの失望は禁じ得ない。今度こそ勇気を出します――そう、彼女は言ったのだ。屋上で口にしたあの言葉は、ただのきれいごとだったのだろうか……？

「だから……だから、ろくおん、消して……」

「あぁ？」

「せんせぇの、声……私、オナホ、なります……もお、逆らわないから、だから、先生はもぉやめて……巻き込まないで……」

「…………」

その真剣な声に。思わず声が詰まった。

卓の真心は、彼女に届いていたのだ。自分一人だけの都合なら、彼女はすぐさま警察に駆け込めばよかった。だのにこうして勇気を出して犯人のもとを訪れた。無慈悲な痛みにも限界まで耐え、ついに心が挫けたあとも、せめて卓だけは守ろうとしてくれている。

「いいぜ。そいつは、お前の態度次第だ」

「わかってます。します……せっくす……命令、なんでも……」

「いい態度だ。じゃあ、さっそく楽しい撮影会といこうじゃねえか」

負荷テストは合格だ。

五度目の電撃を浴びせずに済んだことに安堵して、スタンガンをポケットに収める。辛いのは毬子だけじゃない。愛する人を痛めつけなくてはならない卓だって、彼女と同じくらい辛いのだ。

この日、毬子のために用意してきたのはピンクサテンのセクシーランジェリーだった。

といっても下着とは名ばかり。毬子の身体に巻き付くそれは、秘部や乳房をまったく隠してはくれず、艶めくフリルで女体をけばけばしく飾り立て、恥ずかしい場所をなお際立たせている。

「へへっ、相変わらずすっげぇカラダだな。あっという間に勃起しちまった」

手足の痺れが抜けない毬子を手伝って着替えさせると、その出来映えに満足げに頷く。

この白く滑らかな肌。ほっそりと小柄な身体。それでいて乳房は並外れて豊かで、ハンドボール大の乳丘がカップレスブラに丸くくびり出されている。これまで何度となくイかせてやったのが効いたのだろうか、ほっそりしていた腰回りもほどよく熟れて、牝々しさを漂わせていた。

バシャッ！

全身で男を誘っているかのような淫躯を、フラッシュとシャッター音とで打ち据える。

「いや……おねがいです、撮らないで……」

「心にもないこと言うなよ。お前のまんこは、すっかりその気になってるぜ」

バシャッ、バシャッ、バシャッ……シャッターを着るたび、ファインダーの中で毬子は身悶えた。こんな下着なんて、並の女に着せたらそれこそ「コスプレ」だ。セクシーを通り越して滑稽じみて見えかねない下品すぎるデザインが、セックスアピールのかたまりのような毬子の身体にしっくり嵌まっている。

「完全に娼婦の身体だな。もう乳首も勃起してるじゃねえか」

「あぐっ⁉」

乳房を鷲掴みにして引っ張ると、その痛みに耐えかねたように、懸命に胸を突き出して追い縋ってくる。

乳肉に五指が喰い込み、吊り上げられた女体が反り返ってアーチを作る。

きれいな半球形を保っていられるのが不思議に思える柔らかな乳肉。もっちりと張りのある薄皮の一枚下には、ゆるく溶いた小麦生地のようなトロトロの脂肪が詰まっており、心地よい温かさの中に指がどこまでも沈んでゆく。その柔らかさの限界を試すかのようにめちゃくちゃに揉み込んでやると、毬子は身体をくねらせながら悲鳴じみた声をあげた。辛そうに寄せた眉。だらしなく弛んだ唇。目もとには悲痛な涙が浮かび、その肌はこみ上げる快美感に上気する。一つの表情のなかに喜悦と苦悶とを同居させながら、毬子が激しく身悶える。

「お前、マジでマゾだな。それでよくレイプされたなんて言えたもんだ」

そんな罵倒にすら、毬子は反応して身体を震わせる。

そういう女になるよう、今まで仕込んできたのだ。被虐の甘みは彼女の全身に染みわたり、壊れた性本能をくつくつと煮込んでいる。その熱で溶け落ちた理性はねっとりと濃厚な愛液となり、膣口から会陰、肛門を伝って床にまで垂れ落ち、途切れることのない粘りけのある糸を繋いでいた。その汁まみれの陰部に顔を寄せ——。

「メスの匂いがプンプン漂ってやがるぜ。本当にいじめられるのが好きなんだな」

「好き……じゃ、ない、おまんこされるの気持ち悪い……うぁっ、あっ⁉」

淫裂を開いて舌を挿し込んでやると、毬子は困惑の声をあげた。

舌先に甘酸っぱい牝の味を感じる。

それを塗り広げるようにして、ぢゅぱぢゅぱと舐めまわす。

ヒクつく淫唇をなぞるように。ぬらついた膣前庭をくすぐるように。窄まった膣口をほじくるように。そうしてたっぷり舐めまわしたところで、クリトリスを舌先で弾いてやると毬子は悲鳴じみた声をあげながら仰け反り、汁まみれの淫裂が卓の唇に押し付けられた。

その腰を抱くようにして暴れる身体を押さえ込み、熱烈なキスにより情熱的な舌愛撫を返してやる。女としてもっとも恥ずかしい場所を間近で見られ、拡げられ、味わわれる。粘膜と粘膜がこすれあう感触は格別だ。たえがたい恥辱とは裏腹に、否応もなく湧き起こる快感に毬子が身悶えする。そうしてあがけばあがくほど、羞恥心で味付けされた蜜液はとめどなく溢れ出し、卓の口のまわりをべとべとに濡らしてゆく。

これがマゾだ。恥辱と被虐の谷底をのたうちながら、歓喜の鳴き声をあげる度し難い生き物。この肉体は卓の作品だ。卓が毬子の中に眠るその素質を見つけ、開花させてやったのだ。

「あ、あん、やあぁっ……おまんこ、しないで……気持ち……よくなんて、ないっ……嫌だからやめてぇっ……！」

「ふん。そんなにまんこはいやかよ」

見え透いた強がりは、むしろ満足感をいや増させる。

卓が目をつけたのは、毬子の身体の底に空いたもう一つの穴だった。

ヒュッ、ヒュッ、と毬子が過呼吸気味に息をあえがせるたびに、ピンクがかった褐色の窄まりも、同じリズムで膨らんだり、引っ込んだりを繰り返す。それがフジツボのように高く盛り上がったところを見計らってつついてやると、弛んだ肛口がチュプリと指先を咥え、肛門皺を巻き込むようにして窄まってゆく。

「あっ、をああっ⁉　そこ、だめぇっ……」

「まんこはいやなんだろ？　それに、うまそうに咥え込んでるのはお前のほうだぜ？」

これまで毬子には様々な芸を仕込んできたが、この穴をかわいがってやるのは、いつぞやの公園以来だ。

壊れきった羞恥マゾでもさすがに耐えかねたのだろうか、両手で顔を隠しながら、毬子がいやいやをする。

その反応が新鮮で、なおもねちっこく指を使う。

彼女の入り口は強く、処女を奪ってやったときの膣口の締め付けを連想させる。だのに強く締め付けてくる括約筋の輪を抜けると、一転してぽっかりと開けた空間にでる。腸壁

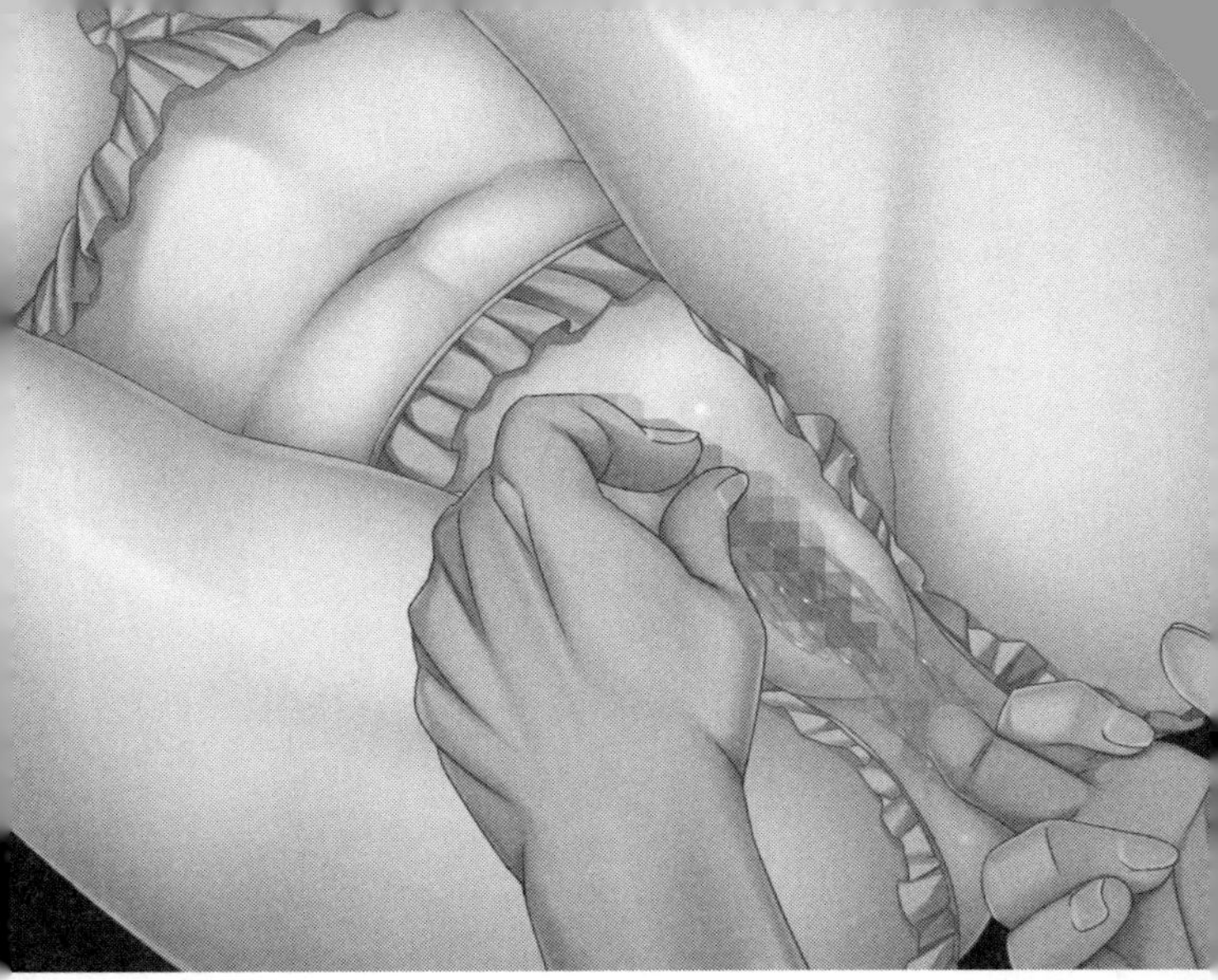

はつるつるとして柔らかく、強いて言えば内頬の粘膜に近い感触だろうか。その柔壁をくすぐってやると、ゆるゆると蠢いて指の腹に吸いついてくる。

「だ、だめ……だめ、なの……ほじくらないで……あぁ、開いちゃうっ……」

　肛門を拡げられると、身体に力が入らなくなってしまうのだろう、轢《ひ》き潰《つぶ》された蛙のような無様な格好で、毬子はあえぎ続けていた。

　肛門まで垂れてきた汁をたっぷりと指先に絡め、繰り返し抽挿する。

　括約筋の締め付けはすさまじく、肛圧に逆らって指を突き込もうとすると、固く締まった肉の輪が挿入を阻んでくる。

　それでも愛液で滑らせながら根もとまで挿し込み、逆に引き抜こうとすると、今

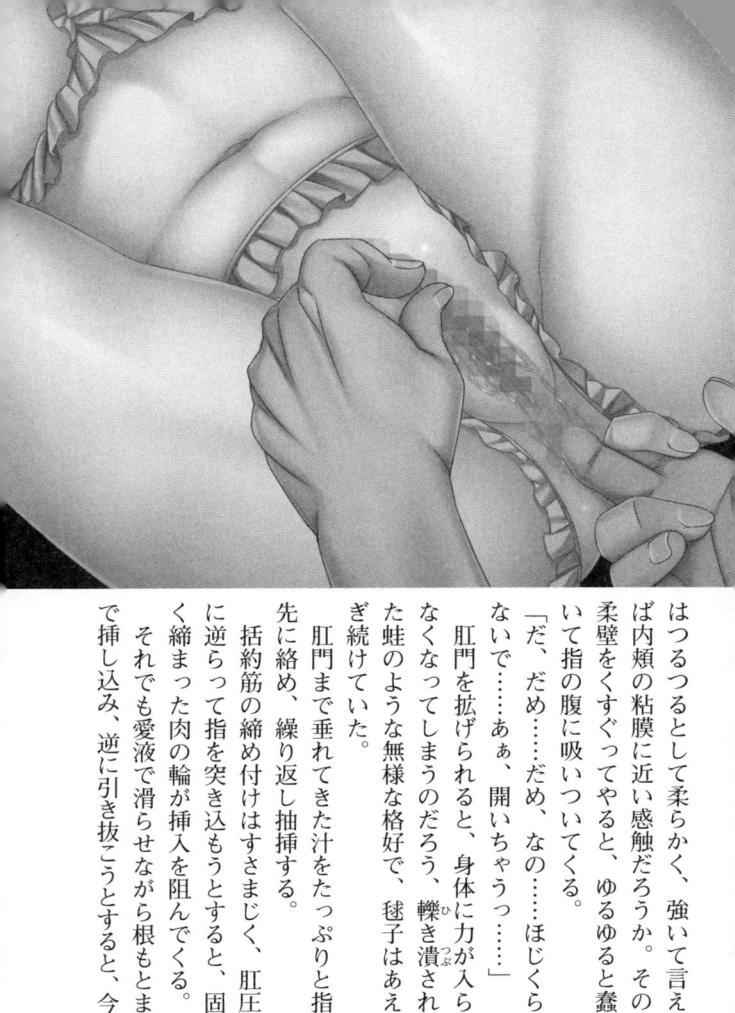

度は肛肉が指に噛みついて追いすがってくる。ずるずると引っ張られた肛門が高い山を作りながら、卓の指をにちゃにちゃと咀嚼するのだ。

「咥え込んで放しゃしねえや。愛液もドバドバ垂れてくるぜ」

その締め付けに逆らって何度も突きほぐすうち、狭肛が弛んで指の動きも滑らかになってゆく。

おお……おおぉ、あおっ……んぁおおっ……その指の動きに併せて、毬子は鳴き悶えた。

今の彼女はさながら肉管楽器だ。卓が肛門を刺激すると、その刺激は内臓を遡り、ぽっかり開いた喉管から唇を経て淫声となって迸る。全身を一本の長い角笛に変えて、太く、低く、長い音色を鳴り響かせる。

「ふん。さっそくほぐれてきたじゃねえか」

「ち、ちがっ……お尻、しないでよぉっ！」

「これは初めての感じ方じゃねえな。この前のアナルプラグで味をしめて、毎日、自分でケツ穴いじってやがったな？」

「し、してない……そんなことっ！」

想像していたよりずっと早く、毬子の肛門は陥落した。

指を引き抜くと、愛液と腸液のまじった汁が指先にこびりついていた。

その汚汁を彼女の頬になすりつけてきれいにすると、寝転がる彼女の脇腹を爪先で小突

いてうつぶせにさせる。

指愛撫の感覚がまだ残っているのだろう、毬子の肛門は結んだりほどけたり、菊皺を落ち着きなくヒクつかせていた。

その穴にペニスの先端を押し付ける。濡れた肛肉がゆるゆると開いて、ぺちゃりと亀頭に吸いついてくる。

だがその歓迎ぶりと裏腹に、毬子は四つん這いのまま、ずるずると手足を引きずってペニスから逃れようとする。

「やだ、だめ……そんな大きいの、入らないですっ！」

その腕を掴んで引きもどす。毬子が暴れる。また組み伏せる。自身の身体に残った最後の処女地を守ろうと、毬子はいつになく激しく抵抗していた。その身体に背後から覆い被さり、体重をかけてペニスを押し付ける。

「どこに逃げる気だよ、デカチチ放り出して外に駆け出すのか?」

ぬちちっ……肛門が緩やかに開き、亀頭の先端部を咥え込む。

「いいかげん諦めるんだな。お前の人生終わらせるのなんて、ノーパソがありゃ二分でできるんだ。それよかケツ掘られてアへってるほうが、ずっとマシだと思わねえか?」

指愛撫でほぐれていた括約筋が弛み、亀頭をすっぽりと咥え込む。そのまま腰を前後させ、口腔を亀頭の径に馴染ませる。張り出したカリ首を肛門に引っかけて、何度も、ゆっくりと、小刻みに。

「う、ああ、痛っ……くあ、あ、ああ、あぐぁぁっ……」

だがそれでも、毬子は苦しげに呻いた。

指一本のときとはまったく違う、切迫した声。丁寧に慣らしてやったつもりでも、卓の巨根には足りなかったらしい。すっかり凌辱慣れした最近の毬子からは、ほとんど聞くことになかった本気の苦悶だ。

「痛っ……だめ、むり……ほんと、むり、ですっ……うぁ、お尻っ、広がって……死んじゃうっ……か、からだ、さける……だめ……だめ、ゆるしてっ……」

毬子の手が、ガリガリと床を引っ掻く。

そんな姿を見ていると、どうしようもなく胸がざわつく。躾が済んだペットに芸をさせるのとは違う、本気でいやがっている牝獣を強引に屈服させることへの高揚感だ。もがく身体を背後から押さえ込み、体重をかける。

「ぐうっ！　あっ⁉　ああああぁっ⁉」

ぬぬっ……ペニスが呑み込まれる。

ぬ、ぬぬ、ぬぬっ……亀頭がすっぽりと呑み込まれ、硬い肉胴が肛口を擦る。

ぬぬぬっ、ぬぢっ、ぬっ、ぬぬうぅうっ……さらに亀頭が奥へ、奥へと進んでゆく。指で触れたときはぽっかり開けて感じられた直腸内だが、卓の巨根にはそれでも狭すぎる。肉胴の太さが腸管をふさぎ、柔壁が竿肌にぴったりと吸いついていた。ふわふわした腸粘膜が、ゆるゆると蠢いてペニスを舐めまわしてくるのが心地よい。

「うぁ……ひ、どいっ……なんでぇ、こんなことっ、するのぉ……うぁ、あ、あぐっ……だめ……ほんと……痛い……だめ、うあ、あ、あぁっ……うう、うあぉっ、おぁっ……」

そしてなによりも、目の前の獲物があげる哀れな鳴き声が、どうしようもなく牡の本能を揺さぶる。

そのまま腰を揺すると、刺激に耐えかねた女体が暴れる。

暴れずにいられないのだ。頭を振り、背骨を捩り、床を引っ掻く。身体を波打たせるたびに乳房が跳ねまわる。その抵抗を強引に抑え込み、体重をかける。

「くあっ⁉」

深々と突き込むと、圧し潰された毬子がくぐもった声をあげる。

「あっ、あっ、くぐっ、あっ、うっ、うぅ、あっ、あおあぁっ」

床に伏した身体を突き込むたび、悲鳴が喉から搾り出される。

そのたびに、ずっ、ずっ、ずずっ、と身体が揺れる。体重で圧し潰された乳房が、雑巾掛けでもするかのように床の上を滑っている。一突きごとに毬子の身体がずり上がり、尻房を鷲掴みにして引き戻す。

「あ、あぁ……は、入ってる……ご、ごめん、なさいっ……」

その苦痛の中で、うわごとのように毬子は言った。

「せんせっ……せんせぇ、ごめんなさぃっっ……私ぃ……あっ、あぁっ、あっ……ぜんぶ、う、奪われ、ちゃって……もぉっ……だめ、よ、汚れ、ちゃったっ……」

彼女の悲痛な声が胸に染み込んでくる。

それはきっと、調教されつくしたマゾ牝なりの純情だったのだろう。「大島先生」に捧げられたかもしれない、最後の純潔すらなくしてしまったことに気付いたのだ。

苦痛の最中に卓のことを考えてくれている、彼女の真心がたまらなく嬉しい。

そして、そんな気持ちすら踏みにじり、彼女のすべてを奪い尽くしたことにゾクゾクと胸の奥が震える。

愛情と支配欲とを同時に充たしてくれる、まったくもって毬子は最高の女だった。

相矛盾する気持ちが卓の胸の中で渦巻いている。そのすべてを、ペニスに込めて彼女の肛門にぶつける。ずるぅっ、ずるぅっ、ずるぅっ……肉胴の硬さで肛肉を舐めるようなスローピストン。ゆっくりと、だが力を込めた突き込みが体奥に届くたび、毬子の身体がガクンと揺れる。そしてまた、ゆっくりと腰を引き抜く。

「ああ……あぁ、おぉっ……抜くのぉ、だめ……ずるずるって、なって……あぁ、熱いっ……お尻、熱い……だめ、やめて……おおおぉっ⁉ 熱い……熱いのぉっ⁉」

肛門周辺の神経はとりわけ敏感だ。鋭敏すぎる肛感覚が、痛覚を熱さと錯覚しているのだろう。

突き込むときは息を止め、眉根を寄せて苦悶にあえぐ。

だが引き抜くときは、その声に少しだけ安堵が混じっているような気がする。排泄にも似た解放感に、長いため息を吐き出すのだ。

きっといずれ、毬子はこの穴でも感じるようになる。

そのことを予感させる声だった。いったい彼女はどこまで淫らなマゾ牝なのだろう。

だが彼女の内に眠る肛虐ペットの素質を目覚めさせるのは「大島先生」の仕事だ。今日を限りに「ご主人さま」は退場し、毬子を繋ぐ鎖は新たな飼い主に引き渡されることになる。

だから、あとのことなんて関係ない。この牝犬にどんなに嫌われても。苦しめても。壊れてしまっても。今すべきは、この具合のいい穴を味わい尽くすことだ。

「イくぞっ！　ケツで飲み干せっ！」

こみ上げる射精感にピストンを速める。

ごちゅっ……激しい突き込みを受け止めた彼女の身体がガクンと揺れる。

ずちゅうっ、ずちゅうっ、ずちゅうぅっ……膣穴を抉るときに比べるとゆっくりした、だが充分なトルクをかけた腰振りが毬子を揺さぶる。何度も。何回も。毬子が頭を振る。背骨を捩る。乳房を弾ませる。腰をもじつかせる。肛門を喰い締める。強く。強く、思い切り。その締め付けに逆らって腰を振りたてる――。

「あ、あっ……!?」

ビクンとペニスが脈動した瞬間、毬子の全身が固く強張った。

それがなにを意味するのか、彼女の肉体は熟知している。今まで何十回、何百

回と味わわされた感覚がやってくる——

それを察して総身をわななかせる。

「あっ、あ、あああっ、やぁ、飲み、たくなっ……あうぅ、あっ、ああぁぁっ⁉」

初アナルの感慨のせいだろうか、迸る汁はおそろしく濃厚だった。

硬いゼリーで内壁をゴリュゴリュと削られているかのような感覚が尿道をかけあがり、鈴口から一気にぶちまけられる。迸る汁は毬子の体奥を叩き、腸壁にべちゃりと貼り付く。ねっとりした熱塊に体内を灼かれる感触に、毬子が激しく悶え鳴く。

「出てるぅ……あっ、ドピュドピュって……だめ、イかせ、なっ、でっ……中っ、熱ぅっ……ああ、あぁっ、あぐぐっ、ひぐあっ、あぐあぁぁあひぃぁあぁぁっ⁉」

たっぷりの愛液を分泌できる膣洞と違って、直腸内は充分には潤んでいない。それだけに熱感も薄まらないのだろう、べったりと腸壁に貼り付いて体内を灼き続けるその感触に毬子が悲鳴をあげる。

直腸がパニックを起こし、激しく暴れてペニスをもみくちゃにしていた。その激しい蠕動《ぜんどう》に逆らってゆっくりと腰を振る。射精を終えて半萎えになったペニスは、まだ拡張慣れしていない肛門にはちょうどいい。ゆっくり腰を振りながら、精液と腸液を撹拌して隅々にまで塗り込んでゆく。ふわふわした腸壁がペニスに吸いついてくる感触は格別で、射精なのかカウパーなのか、自分でも区別がつかない汁がペニスの先からトロトロと漏れ出てくる。それを潤滑油がわりに、何度も、何度もピストンを繰り返す。

「まんこもケツも初物に限るなあ。射精がとまらねえよ」

ゆっくり腰を引くと、ペニスに抱き縋るかのように、肛門がプックリと膨らんだ。その抱擁に逆らって亀頭を引き抜くと、痺れきったペニスがぽっかりと開き、内臓の生々しい赤色を覗かせる。毬子が呻くたびに、ヒクン、ヒクン、と腸壁も蠢き、大量に注ぎ込んでやった精液がコポリとこぼれる。

「おいおい、ケツからおもらししてんじゃねえよ。汚ぇな」

その声に反応することもできず、毬子はぐったりと身を投げ出していた。きっと今、彼女は何重もの絶望に圧し潰されそうになっている。

アナル処女を奪われてしまったことに。先生を裏切ってしまったことに。自分自身の弱さに。それでも勇気を出して話せば事態を打開できると思った、昨日の自分の愚かさに。抉られ、痛めつけられ、泣き叫び、悶え狂った、だのにその苦痛の中でたしかに一片の快感を感じていた、あまりにも淫らな肉体に。そのすべてに絶望して、ぐったりと手足を投げ出す。うち捨てられた人形のようなその身体で、まだ落ち着かない肛門だけが別の生き物のようにヒクヒクと蠢いていた。


毬子が卓のアパートを訪れたのは、その翌々日のことだった。

ずっと眠っていないのだろうか、かなりくたびれた様子だった。彼女の目元は真っ赤で、何度も擦ったあとが残っている。

「せんせっ……あのっ……」

「どうしたの。ほら、中に入って?」

肩に手を伸ばすと、毬子は弾けるように後じさった。

「だ、だめ……私、きたない、から……」

言い終えると同時に、ずっとこらえていた涙がポロポロとこぼれ落ちる。

部屋に上げ落ち着かせると、彼女はぽつりぽつりと話し始めた。一昨日、あいつの呼び出しに応じてスタジオに行ったこと。そこでまた、襲われてしまったこと。アヌスを犯され、腸内に精液を注ぎ込まれたこと。何度も。何度も。腸内を精液漬けにされ、それをぶりゅぶりゅと吐き出し、空っぽになった腸内にまた新たな精液を詰め込まれたこと。最後は辛いのか気持ちいいのかもわからなくなり、ただ体内を荒れ狂う激感に悶え鳴いていた。そして明け方近くになって、自分の腸内で汚れたペニスをぴちゃぴちゃと舐め清めながら、自分がなにもかも失ってしまったのだと気付いたこと――。

「ごめん、なさっ……せんせっ……私……私、ぜんぶ、あいつに……ゆうこと、きかなくてごめんなさいっ！　おねがい、先生……嫌いにならないでっ……」

毬子がぐずぐずとすすり泣く。

その姿を見ていると、胸に熱いものがこみ上げてくる。よくここまで仕込んだ。自分が作り上げた「作品」の出来映えに、ぞくぞくと胸が震える――。

「せんせぇ……？」

気がつくと、歪んだ笑みがこぼれていた。

「そいつは、君を犯したんだな？」

「はい……」

「肛門にチンポをぶち込んで、何度も射精して。君のケツ穴をザーメン漬けにしたんだ」

「はい……」

「そしてイかされた。あいつは君の処女ばかりか、アナルバージンも奪ってイき狂わせた。

穴という穴を犯しまくったんだ。僕の毬子を」

　そのまま無言で立ち上がる。ゆっくりと。息を止め、瞬きもせず。

「ぶっ殺してやる。あいつの名前も、住所もわかってるんだ！」

「せんせっ、だめっ……」

　女だな、とその顔を見て思う。

　口では卓をなだめながら、その表情にはかすかな歓喜が溶け込んでいる。愛されることを欲さずにはいられない女の顔だ。

「家に帰るんだ。僕が話をつける」

「だめ……だめです、本当に。私、平気ですからっ……」

「君は黙ってろ。俺の女を汚されて黙っていられるか！」

　少し芝居がかっていただろうか――？

　だが、毬子のような女にはこれぐらいがちょうどいい。呆然とする彼女を突き放し、卓は部屋を飛び出した。

第五章 二人の未来のために

毬子は変わった。

そのことに、最初に気付いたのは漫研部員たち。だがすぐ、他のクラスメイトたちにも広がっていった。それほどに、彼女の変わりようは鮮烈だったのだ。

『クラスの人間関係で相談があるのですが……』

『先生、今度、ご自宅に遊びに行ってもいいですか？』

『数学でわからなところがあります。二人きりで教えてください』

先生、先生、先生……このところ毬子は、なにかにつけ卓のところにやってくる。

不人気教師の代名詞だったオオタクが女子生徒に懐かれているというのは、傍目にはひどく珍奇な光景に映るらしく、学園内ではちょっとした噂になっている。あんまり卓にべったりだから自然と漫研部室からは足が遠退き、錦戸たちは男子部員同士で非生産的な恨み言を呟いているらしい。

笹岡毬子という作品を仕上げた最後の小道具は、隣県の地方新聞だった。

あいつは死んだよ――。

そう告げると、毬子は両眼を見開き、こちらを見返してきた。

『え……え、うそっ……まさか、こ、殺っ……』

『そうだな。僕が殺したようなものだ。もう君は、僕に関わらないほうがいい』

探偵は、本当に雇ってあったのだ。

調べてもらったのは近県の自殺者情報だ。毬子のアナルを犯してやった日の翌日から三日間。その期間内に見つかった八人の自殺者のうち、あいつと年格好が似ていたのは一名。年間に三万人以上が自殺する日本では、中年男性が電車に身を投げたぐらいでいちいちニュースになんてなりやしない。だが地元の図書館で地方新聞を調べると、「会社員（42）が線路に飛び込んだ影響で電車が遅延し二千人の足に影響」との小さな記事が見つかった。それをコピーしておいたのだ。

『あの日、僕はすぐあいつの家に押しかけたんだ。あいつは観念して、警察に自首すると言った。あのときは僕もおかしくなってたからね、きっと本当に殺されると思ったんだろうな。だけど、警察に連れて行く途中で僕を振り切って、電車に飛び込んだんだ』

『じ、自殺、ですよね……？』

『そういうことになってる……でも、本当のところはわからない。ひょっとしたら、ただ逃げるつもりだったのかもしれないな。どちらにしろ、僕が殺したようなものだ』

『だって……それは、先生のせいじゃないです！』

『そのあとであいつの家に行って、目についたパソコンやＵＳＢメモリを回収しておいた。それで全部かはわからないけど、ひとまず安心だと思う』

二重三重に犯罪者だな、と自嘲する卓を毬子は泣きそうな顔で見上げてきた。

そして告げたのだ。私は先生といっしょにいると。絶対に離れたくないと。先生は、ばかな生徒を見捨てることだってできた。だけど、そうしなかったのだ。そのせいで悲劇が起こってしまったのなら、それは自分のせいだ。だから――。

『先生のせいじゃありません。それは本当なら、私が自分で背負わなくちゃいけなかった罪なんです。でも……でも、私は弱いから、その重みに負けちゃうかもしれない。ちょっとだけでいいです。隣で私を支えていてもらえませんか……？』

ひどく仰々しいな、と内心で苦笑する。

根っからのオタ気質で、自分が乙女ゲーの主人公になったような気分でいるのだろう。

だが、それが毬子だ。

彼女の短絡さも、その裏返しである情の深さも好ましい。自分を愛してくれる男と、自分を嬲ってくれるペニスを同時に失う――この弱く愚かな少女が、その喪失感に耐えられるはずがないのだ。

◇

「……んだよ、あれっ！」

苛立ちを隠しもせず、錦戸はドリンクバーのグラスをテーブルに叩きつけた。

毬子が部室にあまり顔を出さなくなり、最近の漫研部員たちの放課後談義はもっぱら近所のファミレスで開催されている。

「いくらなんでも、オオタクはないだろ⁉　趣味悪すぎだって。あんなの、傍から見たらヒャクパー援交だろ。勘違いされるってわかんないのかよ」

「どうだろ。案外、勘違いじゃなかったりして」

「……どういう意味だよ」

「俺のクラスで噂になってる。オオタクが一年女子と……マリちゃんとキスしてたって」

「あるわけねえだろ！」

怒気を御しかねた錦戸が、思い切りストローを吸いあげる。コップに三分の一ばかり残っていたメロンソーダが一気に底を突き、ぞずずずずっ、と下品な音をたてた。

最近、毬子は変わった。

眼鏡をコンタクトに変え、もっさりと重たそうだった前髪を今風に整え、表情も明るく華やかに。自信なさげな猫背も治り、今までごく近しい連中だけの秘密だった隠れ巨乳にも全校生徒が気付き始めている。

だがその変化をもたらしたのがよりにもよって、学園最キモ教師の名声をほしいままにする大島卓だなんて！

「……っけんなよ。あの液タブ九万したんだぞ。それでヤらせないってなんだよ。九万食い逃げかよ。くそっ！」

生来のわがまま気質のせいだろうか、気持ちが昂《たか》ぶったときの錦戸は、オタクというより、どこかヤンキー臭くなる。その激昂ぶりに鼻白んだ男子部員たちは、目を合わせず自分のドリンクやら、ポテトやらに手を伸ばしていた。

「キドくん。バイブ鳴った」

と、その中の一人がテーブル上を指差す。

着信に気付いた錦戸はスマートフォンを手に取り、メールアプリを立ち上げた。そこに表示された、露骨にスパムくさい送信者アドレスを見て舌打ちする。

「また業者かよ。最近うざいな」

だが削除アイコンに指を押しかけたところで、ふと指を止めた。

「なあ、これ……」

信じられないといった顔で、その画面を部員たちに向ける。

そこに映っていたのは、裸に剥かれ、精液にまみれ、痛々しいほどに拡がった牝穴でぺニスを咥え込む女の姿。黙りこくる部員たちの間に、静かな驚きが広がっていった。

窓の外に見える空が赤い。

終業から二時間を経た校内はほとんど無人で、開けっ放しの窓から流れ込んでくる運動部の号令がやけに大きく響いている。

放課後の教室で教卓に向かって作業していると、ふと廊下を通りがかった生徒が室内を覗き込んできた。

「オオタク、なにしてんの？　仕事？」

「そういうあだ名は陰でこっそり言うものだ。本人に言うやつがあるか」

「なんで教室で仕事してんの？　職員室でイジメられちゃってるわけ？」

生徒から疎まれがちな卓に、こんなふうに話しかけてくる生徒は珍しい。適当にあしらっていると、彼は興味深げに教室に入ってきた。

「ほどほどにしときなよ？　センセは顔が顔なんだから、女子の体操服とか失くなったときとか、真っ先に疑われちゃうよ？」

「お前な、教師にむかってばかなことを……う、うぅっ!?」

「オオタク？」

「なんでもないよ。用事がないなら帰りなさい。もうすぐ下校時刻だぞ」

「はいはい。そんなふうに付き合い悪いから、生徒に嫌われるんだよ？」

卓が窘《たしな》めると、彼は不本意そうに教室を出て行った。その足音が充分に遠ざかるのを確かめ――。

「人がいるときは、気を付けろって言っただろう」

「ご、ごめんなさい、せんせぇ……」

教卓の下で乳房を掘り出し、献身的な男根奉仕を続けていた愛犬に告げる。

「わかってるのか。僕たちのことがバレたら、大騒ぎになるんだぞ？」

「はい、ごめんなさい……でも、オチンポ咥えてじっとしてるなんてむり。よだれが出てきて、勝手にべろが動いちゃいます……」

おずおずと見上げる目が熱っぽく潤んでいる。愛しい人のペニスを舐めしゃぶることは、彼女にとって、自分が愛撫してもらうにも等しい体験らしい。

「毬子はしかたのない子だな」

「だって……先生が、私をこんなふうにしちゃったんですよ？」

このところ、毬子は自分からしきりにセックスをせがんでくる。

彼女の身体には数え切れないほど、かつての「ご主人さま」の痕跡が残っている。

その記憶のひとつひとつを、新しく手に入れた愛で上書きしてゆくかのように。抱き合うこと。キスすること。乳房を吸われること。乳房で奉仕すること。中に注がれること。腸

内を精液で充たされること。かつて恐怖と嫌悪感の中で味わわされたそれらを卓とやり直すたび、彼女の表情に宿っていた翳りが消えてゆく。そして彼女は内向気質のヲタ女から、明るく華やかな恋する少女へと開花したのだ。

「それに、ちゃんとお礼しなきゃいけないし。私、先生にとても感謝しているんです。だから、先生に気持ちよくなってほしい。私、子供だから……先生のためにできることなんてなんにもなくて……だからせめて、オチンポにご奉仕させてください……」

それは本当に「お礼」のためなのだろうか、ぴちゃぴちゃと舌を使うたび、毬子の顔はますます赤らみ、息遣いも荒らぐ。

本当に上手くなった。大好きな先生に気持ちよくなってほしい——そんな情愛の深さを感じさせる乳奉仕だった。巨根を巨乳で挟み込んでゆったりとしごきながら、谷間から顔を出した先端部をぴちゃぴちゃと舐めまわす。亀頭の丸みを舌先で撫で、鈴口をくすぐり、ときおり深く首を曲げてカリ首のあたりまですっぽりと咥え込む。輪のように丸めた唇で、くぷ、くぷ、くぷっ、と笠裏のあたりを刺激したかと思うと、また顔を引いて、飢えた仔猫のような舌遣いで亀頭を舐め始める——。

「う、んん、いいよ……毬子っ、口、開けてっ……！」

すぐに限界はやってきた。

こみ上げる欲望が熱い汁となって、愛犬の顔めがけてぶちまけられる。熱くねっとりしたシャワーは丸く開いた唇から飛び込み、毬子の口内を叩いた。その熱さに毬子が目を白黒させる。どぷ、とぷぷ、どぴゅるっ……濃厚な汁が舌先に積もって小高い丘を作る。立ち上る牡臭が唾液腺を刺激して、だらだらとよだれが溢れてくる。ゼリー状の濃厚な液塊がその汁に溶け、毬子の口内に生ぬるい池を作る――。

「飲んでいいぞ？」

その池の水嵩が、口から溢れる間際まで焦らしてやったのは、卓なりの親切心だ。

毬子は器用に舌を使い、内頬や歯の裏側に貼り付いた精液をこそぎ落とした。そしてモニュモニュとほっぺたを動かし、唾液と精液を混ぜ合わせる。射精したばかりのザーメンは糊のようにねっとりしているが、こうして唾液と混ぜ合わせるといくらか飲みやすくなる。口いっぱいになるまで嵩を増したその汁を、こくん、こく、こくん、ごくんっ……ほっそりした喉を何度も鳴らしながら飲み干してゆく。

「はあ、はふっ……ごちそうさまでした」

ようやく口の中がからっぽになると、毬子はうっとりと目を細めた。

「気持ちよかったよ、毬子の乳まんこは最高だ」

「それじゃあ、ご褒美をいただけますか？」

上半身をはだけて乳房が剥き出しのまま、毬子は教卓を這いだしてきた。

ほんの少し前の彼女からは考えられないほどの大胆さだった。そしてパイプ椅子に腰掛ける卓に、対面座位の格好で跨がってくる。たった今、射精したばかりのペニスを挑発するように、自身の秘部を重ねてもじもじと擦りつけてくる。

「いいでしょう？　オチンポしたい……お家に帰るまで、待てそうもありません……」

腰と腰を擦りつけ、乳房を胸板に押し付け、卓の頭を両手でかき抱く。その発情っぷりは愛らしくもあるが——。

「悪いね。このあと、少し仕事があるんだ」

「ええっ……そんな、ひどいですっ……」

「だから、少し待っててくれ。漫研部室がいいな。最近は部員連中も近寄っていないから、ハメるのにはちょうどいいだろう」

「少し？　本当に少しですよね……？」

ようやく聞き分けると、毬子は身体を離した。そしてはだけた胸もとを直し、口もとを濡らす牡液をぬぐい取ってゆく。

「オナニーして待ってるんだ、僕の仕事が済んだら、すぐチンポをぶち込めるようにね」

「部室でですか!?　それは……む、むり、です……」

「僕の命令がきけないのか？」

困惑した毬子に凄んでみせる。

声音を一目盛り分だけ低く、太くして、あいつの残像をチラつかせる。頭ごなしに命令されると、身体が疼いてしまうのがマゾの性だ。ましてやそれが、恩人であり、恋人でもある大島先生の言葉なら。

「本当に、少しだけ、ですよ？ それ以上はむりですから……」

甘やかな熱を帯びた声で、毬子は答えた。

大島先生が言った通り、漫研部室は無人だった。

部室の鍵は部長が管理しているが、それとは別に顧問用、職員室用が一本ずつ保管されている。大島先生から借りておいたそれを使って室内に入ると、入り口のドアを内側から改めて施錠する。窓のカーテンも引いて外からの視線も塞いだところで、毬子は手近な椅子に腰掛け深いため息をついた。

「電気も消したほうがいいのかな……？」

もう日が落ちかかって外は薄暗い。蛍光灯の光が漏れていたら、巡回の先生に不審がられるかも知れない。

念のため部屋の明かりも落としてから、スカートをたくしあげる。

厚い遮光カーテンを引いた夕方の室内はひどく薄暗く、しんとした中に一人で佇んでいると、ひどく物寂しい気分になる。

だが、大島先生の命令は絶対だ。

先生は優しいから、たとえ逆らっても、きっと怒りはしないだろう。だけど、毬子自身がそれを許せない。あいつの命令にはなんでも従わされていたのに、大好きな大島先生の言いつけは守れないだなんて、そんなことあっていいわけがない。

股間部に触れると、薄いコットン生地はすでに薄湿っていた。

さっきの乳奉仕のせいだ。先生のペニスを舐めしゃぶりながら、ずっとその熱さと硬さが自分の体内に入ってきたときのことばかり考えていた。

「仕方ないの……これは……先生の命令、だから……」

クロッチをずらし、その隙間から指を差し入れる。

秘唇の形に沿って指を這わせると、熱い蜜がトロリと指に絡みついてきた。

その汁まみれの指でクリトリスに触れる。荒っぽく貪られるのも嫌いじゃないけど、一人でするときは、もっと優しいほうがいい。この小さな肉豆は舞踏場だ。その表面に指先を触れさせ、くるくる、くるくると踊らせる。人差し指の腹を愛液の膜で滑らせると、それだけでジンジンと痺れるような感覚が走る。

ここは女にとってひどく敏感な場所で、少し強めに触ると、すぐ上りつめてしまう。それではもったいない。もうすぐ先生が来てくれるのだ。勝手に一人でイってしまうのではなく、待って、待って、待ちながら触り続けて、限界まで昂《たか》ぶりきったところで先生を迎えたい。絶頂の一歩手前で焦らし続けた肉体を、彼のペニスで貫いてもらうのだ。

「せんせ……だめ、です、もぉ……待てません……」

その瞬間を想像すると、たまらなく子宮が疼く。

大島先生は、女の子をいじめるのが好きなのだ。

そのことは、なんとなくわかっている。彼は優しい人だけど、同時にひどく残酷な面も持っている。乱暴な愛撫に思わず苦悶の声をあげてしまったときなど、彼は謝るどころか、ますますペニスを漲らせて激しく責めたててくるのだ。きっと、男性というのはそういうものなのだと思う。大島先生にかぎらず、男という生き物は、女を虐めたり、嬲ったりするのが大好きなのだ。

「ひどいです……せんせぇ……私、いじめられてばっかり……」

小声で言いながら、ブラウスのボタンも外してゆく。

無人だとわかりきっている部室内を、それでも何度も見回しながら。制服の前をはだけ、ブラも取り去ったところで深い息を吐く。今の毬子を見たら、彼はどんな顔をするだろう。上手に言いつけを守った仔犬を褒め称え、おいしいご褒美をくれるだろうか。それとも淫乱すぎる恋人に呆れ果て、ペニスで罰してくれるのだろうか……？

ふと、人の気配を感じた。

「せんせぇ？」

待ち人来たるだ。毬子が歩み寄るとガチャガチャと錠をまわす音がして、あちらからドアが開かれた。入ってきた男たちと鉢合わせになり、互いの顔をぽかんと見合わせる。

「マジかよ……」

室内に入ってきたのは、錦戸部長を初めとする男子部員たち。毬子はぽかんと彼らを見つめ——二呼吸ほどして、自分があられもない格好をしていることに気がついた。とっさに両手で胸を隠し、二、三歩ばかり後じさる。

「え……部長、なんでっ……」

「なんでって、こっちがだよ！」

詰め寄ってきた彼に突き飛ばされて、思わずその場にへたり込んだ。

胸ははだけ、スカートも捲れ上がり、びしょ濡れの下着を晒して床に崩れた毬子を、男子部員たちが見下ろす。

「あ……だめ……」

こんなふうに見下ろされると、教え込まれたマゾの性が疼く。

いつもこうだった。毬子が床に伏し、あの男が上から見下ろす。その位置関係こそが、マゾ牝と飼い主の立場そのものだ。毬子はいつも跪《ひざまず》き、這いつくばり、組み伏せられて、男というものを下から見上げてきたのだ。

「あのメール、マジだった。なんだよコレ……」

彼らがなにを言っているのかわからない。

だが、彼らが自分に向けている視線の意味ははっきりと理解できる。侮蔑と欲情――今まで数え切れないくらいその肌で感じてきた、毬子にとっては馴染み深い視線だ。

「くそっ……なんだよ、エロい顔しやがってっ！」

のしかかってきた錦戸に、再び肩を突き飛ばされる。

「キドくん、やめなよ。まずいよ……」

「まずくねえよ。部室でオナってる女だぞ」

「で、でも……」

「こいつの顔を見ろよ。いやがってないだろ？　誘ってんだよ。あの写真もいやがってたか⁉　オオタクとキスするような女だぞ。チンポがありゃ誰でもいいんだよ！」

叫ぶなり、錦戸は自分のズボンに手を掛けた。そのままベルトを外し、卓のそれに比べると幾分小ぶりなペニスを露出させる。

「悪いけどさ、お前のこと犯すから」

「なんで……ご、ごめん、なさい……だめ、許して……」

「やめてっつってるくせに、なんでおまんこ濡らしてんだよ。おかしいだろ⁉　俺たちのことずっと騙してたんだろ？　自分はヤリヤリのくせに内気なふりをして、俺たちを童貞だってバカにして、陰ではヤりまくってんだろ。そうだろっ⁉」

「そんな……ち、ちがい、ますっ……」

「じゃあ、あの配信はなんだよ。バイブ挿れて生配信してただろ⁉　あと、コミパのコスプレもまとめサイトに上がってた。露出女がカメコに囲まれておまんこ濡らしてたって。それで、なんで俺らにはヤらせないんだよ。液タブ買ってやっただろっ⁉」

「や……いやっ……⁉」

目の前で激昂されると、自然と相手に媚びてしまう。

数々の凌辱体験を経た毬子の、それが習い性だ。殴られるよりは、犯されるほうがずっといい。自然と目が潤み、固く閉じていた両脚が弛む。緊張で乾いた唇を小さな舌で舐めまわす。はっ、はっ、はっ、はっ、と息を荒らげながら、切なげに腰をもじつかせる……。

「お、俺も……ヤる……」

部員たちの一人が、自分のズボンに手を掛けた。

「俺らみたいなのは、どうせ一生童貞確定だったんだ。ＭＡＲＩみたいな子とヤれるチャンスなんて、あとたぶん一生ない。停学や退学ぐらいかまうもんか……！」

長々した言い訳は、自分自身を説得するためなのだろう。

それを皮切りに、残る二人もズボンを脱ぎ始める。仰向けになって見上げる視界に、勃起した四本のペニスが突き出ていた。誰が一番最初に毬子を抱くのか、四人が互いに目線で牽制しあっている。中には待ちきれずに、自分のペニスをしごいている者も――。

「お前ら、なにをやってるんだ！」

そのとき、室内に毬子がよく知っている声が響き渡った。

目の前には、床に正座する男子部員たち。

「なにか言い訳はあるか？」

返事はない。蒼白になる者、ふてくされたように視線を逸らす者、態度はそれぞれだが、みな一様に黙りこくっている。

「笹岡さん、彼らにほかになにをされた？」

「あ、あの……押し倒されて、それで……ず、ズボン、脱いで……」

「写真とかは？」

「撮られてない……と思います……」

「念のため、連中のスマホを見せてもらおうか」

男子部員たちからスマートフォンを取り上げ、一台ずつチェックしてゆく。

ついでにメールアプリも確認し、受信ボックスの一番上のメールを削除する。

錦戸宛てに送った呼び出しメールだ。

『今すぐ部室に来い。笹岡毬子の秘密を教えてやる』

送りつけたのは、そんな一文に毬子の痴態を写した写真が数点。毬子にのぼせあがっていた彼だけに、それだけであっさりと誘いに乗ってくれた。

「君たちのしたことは一通り見させてもらった。これは犯罪だ。停学だの、退学だのってレベルの問題じゃない」

冷たく言い放ち、彼らにスマートフォンの画面を突きつける。

そこに映っていたのは、毬子を組み伏せペニスをさらけ出す四人の姿。ついさっき、地窓の隙間から撮影したレイプ未遂映像だ。

「先生、これっ……!?」

「部屋の外から撮らせてもらったよ」

「そんな……だったら、助けてくれても……」

「証拠を押さえるのが大事なんだ。そのことは、よくわかっているだろう？」

毬子は不承不承に頷いた。いつだって卓は正しい。どんなときも大島先生は自分を助けてくれる。その信頼感は、毬子の心の奥深くに突き刺さっている。

「き、きたねえぞ、オオタクっ！」

「なにが？」

「見てたんなら止めろよ、それが教師の仕事だろ？　それにお前だって、生徒に手ぇ出してんだろ!?　俺んちの親にそのこと言ったら、お前のクビ、どうなると思うよ!?」

「生徒に？　僕が？」

「とぼけんなよ。お前がマリちゃんとキスしてるって、見たやつがいるんだよ！」

「それはおかしいな」

言うなり、毬子の身体を抱き寄せる。

「えっ……せんせっ……？」

息を呑む音が五人分——そのうちの、一番近くにいた一人の唇に自身のそれを重ねる。呼吸を詰まらせたままの口腔に吐息を吹き込み、何度も啄《ついば》んでやる。

「見たのはキスだけだったのか？」

まるで悪びれないその態度に、部員たちがあっけに取られる。

「せんせぇ……あの……私っ、困る……」

「いいだろう、見せつけてやれ。毬子は俺の女だ。世の中の常識よりも、校則や法律よりも、俺の命令が最優先だ。そうだな？」

さらに三日盛り分ばかり凄みを利かせた、低く太い声。

雷に打たれたように、毬子はその場に立ち竦んだ。彼女の全身が強張り——だが次第にその表情が緩み、マゾヒズムの甘みに陶然となる。

「さっきは、おあずけして悪かったな。ほら、ぜんぶ脱ぎなさい」

「はい、先生……」

毬子はうっとりと目を細め、制服を脱ぎ始めた。ブレザーも。ブラウスも。男子部員たちの視線の熱さに身を捩りながら、一枚一枚、邪魔な布きれを取り去ってゆく。

「ぬ、脱ぎ、ました……次は……」

熱っぽく潤んだその瞳が、新たな命令を乞うている。

「毬子はどうしたぃ？」

「あの……先生、私……私、オチンポ、したいです……」

その言葉に、男子部員たちが愕然とする。

「いいだろう。準備をしなさい」

「はい、先生……」

部室の床に身を横たえ、毬子は大きく両脚を開いた。だがそんな彼女を抱き起こし、側臥の姿勢で背後からペニスを押し当てる。

「あっ、だめ……これじゃ、見えちゃう……」

「いいよ。見せつけてやれ」

そのまま背後から、一気にペニスを突き入れる。

「あ、ああ、オチンポっ……オチンポきたぁ……こ、これ好きっ……ほしかったのぉ！あぁ……おまんこの、奥まで、ずぷずぷってぇ！」

大股を開き、背後から貫かれるこの体位では結合部を隠すものがなにもない。可憐な割れ目が痛々しいほどに拡がり、ペニスを深々と咥えて込んでいる様に、四人の男子部員たちは言葉も忘れて見入っていた。

「う、うそだろ、マリちゃん……」

その視線に肌を灼《や》かれながら、毬子が切なげに身を捩る。恥辱を好むマゾの性が、童貞たちの飢えた視線に反応して子宮を燃やしているのだ。

「せんせっ……せんせ、もっとぉ、おまんこズボズボしてっ！　マゾ犬の毬子にご褒美くださいっ……熱くておいしいザーメン、マゾまんこに射精して孕ませてくださいっ！」

だから、反応も激しくなる。

ふだん以上に激しく悶え、ふだんにも増して淫らな言葉を吐きながら毬子が悶絶する。その昂揚と連動するかのように、膣内もキュンキュンと痙攣して射精を促してくる。

「もしかして、もうイってる？」

「はい……もぉっ、おまんこが、ビクビクって、なってっ……あっ、イくっ……イってるのに、またイっちゃうっ……」

こんなにも敏感な毬子は久しぶりだ。釣られて卓も気分が乗ってきて、ペニスがピクピクと疼き始める。

「よし、イけっ！　中出しされてイっちまえっ！」

宣言と同時に、毬子の膣内に思い切りぶちまける。

その熱さに、毬子は激しく仰け反った。腹筋や内ももがビクビクと痙攣する。その暴れる膣内めがけて精汁をぶちまける。迸る汁が膣奥を叩き、激しい熱感が小柄な身体をさらに激しく跳ねまわらせる。

「すげ……これが、セックス……」

肉と汁とがぶつかりあい混じりあう、その激しさに部員たちが気を呑まれる。

だが、まだ二人の交歓は始まったばかりだ。突き刺さる視線は卓の優越感を、毬子の被虐欲求をどうしようもなく刺激する。ペニスを抜く間も惜しいとばかりに、二人は二度目の頂めがけて、互いの肉体を貪り始めた。

子宮と直腸に二回ずつ射精汁を注ぎ込んだところで、ようやく勃起が収まった。

女体を突き崩さんばかりのピストンを受け止めさせられた毬子は、絶頂疲れで床にぐったりとうずくまり、投げ出した両脚の間からトロトロと白濁汁を垂れ流している。

錦戸たちはといえば、ペニスをさらけ出したまま、呆然と床にへたり込んでいる。

『俺たちが愛しあうのを黙って見ていろ。抜きたかったら、勝手に抜いていいぞ？　でも、俺たちの邪魔をしたらただじゃおかない』

その命令の結果だ。

最初は敵意剥き出しだった四人だが、卓の巨根に気圧《けお》され、続いて毬子の痴態に気勢を削がれた。男としての格の違いを見せつけられた彼らは、間近で見せつけられる肉交に息を呑み、自分のペニスをしごき始めたのだ。毬子には羞恥心を快感に変える才能がある。四人分の熱視線を浴びた身体はふだんにもまして反応がよくなり、羞恥マゾならではの乱れようを卓も存分に楽しませてもらった。その結果がこの惨状だ。毬子も部員たちもすっかり呆けきって、性臭が立ちこめる室内でぐったりしている。

そんな彼らにスマートフォンを向け、室内の様子を写真に収めてゆく。

「あっ、オオタク……撮んじゃねーよ……」

この期《ご》に及《およ》んで、まだ減らず口をたたけるとはたいしたものだ。だがすっかり負け犬の心持ちなのだろう、錦戸の口調にはまるで迫力がない。続いて汁まみれで横たわっている、毬子の姿も写真に収める。

「笹岡さん、かわいそうに。こんな姿になって……」

シャッター音を浴びながら、毬子は不思議そうに見返してきた。

「先生……？」

「大丈夫、錦戸たちには、きちんと自分のしたことの報いを受けさせるよ。君は部室で漫画を描いていたら、この四人にいきなりレイプされた……そうだね？」

一言、一言、噛んで含めるように口にする。

それを聞いた錦戸たちが青ざめてゆく。卓のスマートフォンには先刻のレイプ未遂動画。それにたった今、撮影した写真を合わせれば、そこから導き出される「事実」は明らかだ。

「はい……先生……私、錦戸部長にレイプされました。四人がかりで、たくさん……たくさん犯されました……」

快楽の余熱に陶然としながら毬子が答える。

毬子にとって、もっとも大切なものは卓だ。社会常識よりも、法律や校則よりも。恩人であり、恋人であり、飼い主——無数の鎖で縛られた彼女が、返すべき返事は一つしかありえないのだ。

◇

あれから、今まで自分の身に起きていたすべてを、毬子は両親に打ち明けた。

ライブ配信のことも。それを凶悪な男に目をつけられて、嬲り者にされていたことも。そしてその過程で、卓と関係を持ってしまったことも。

とんでもない不祥事だ。脅迫はもちろん、卓とのことだって。本来ならすぐさま学園に連絡が行き、卓は職を追われていたことだろう。

そうならなかったのは、毬子の説得のたまものだ。

自分がいかに愚かだったか。そんな自分のために、大島先生がどれほど真剣に向き合ってくれたか。どれほど自分を犠牲にして、脅迫犯に立ち向かってくれたのか。卓自身が鼻白むほどの真剣さでだ。それを聞いた笹岡家の両親は、卓を弾劾するどころか、涙を流して喜んでくれたのだ。ありがとうございます、あなたは娘の恩人です――と。

一方、錦戸たちの件はといえば、これまた大ごとにはならなかった。

市議会の大物である錦戸の父親が、ことが公になることを望まなかったためだ。

彼は娘を汚されて激怒する毬子の両親に和解金を払い、内々にことを収めたのだ。けっこうな金額だったが、それでも考えようによっては安いものだ。錦戸淳也が父親の地盤を受け継ぎ政治家一家の四代目になりうるか否か、その運命がかかっているのだ。積み上げる札束は、どんなに高くとも高すぎるということはない。

とはいえ、卓にだって後ろ暗いところは多々ある。

そのことを察していたのだろう、錦戸家は卓に条件を突きつけてきた。

今の学校をやめ、新しく用意した赴任先に転勤すること。今後、錦戸家の人間には一切かかわらないこと。転居の費用は用立てるし、新しい勤務先では今以上の待遇になるよう口利きする。口止め料も言い値で払う。それが嫌なら裁判だ。こちらも損害を被るが、君だってまずいことになるんじゃないか――？

チキンレースで勝つには、本当のギリギリまでブレーキをガマンすることだ。

三代続いた政治家一家だけに、彼らはそのあたりの駆け引きは熟知している。役者の違いを感じた卓は彼らの要求を呑み、住み慣れた街を離れることにしたのだ。

逃げるのではない。

新しい門出だ。口止め料はたっぷりせしめたし、新天地も手に入れた。それになにより、卓はついに手に入れたのだ。平凡でささやかな幸せを――。

毬子の長い黒髪は、真っ白なウェディングドレスによく映える。

清楚そのものというやつだ。だのに、その彼女が自分の足下に跪《ひざまず》き、ペニスを舐めしゃぶっている姿は、下腹のあたりをたまらなく疼かせる。

「はあっ……ああ、はふ……ん、んむっ……」

結婚式場の控え室に、粘っこい音が鳴る。

ぴちゃ、ぴちゃ、ちゅぷ、ちゅるっ……これから結ばれる花嫁の、献身的な舌奉仕がぺニスを痺れさせる。

卓の新しい赴任先が決まったとき、毬子はすぐに、自分もついていくと言った。

実際、都合がよかった。錦戸たちと同じ学園に通っていたら、お互い顔を合わせることもあるだろうし、どんなトラブルがあるかもわからない。

錦戸家も、毬子の両親も、それは望まなかった。そこで卓の赴任先に、いっしょについていくことにしたのだ。それに、毬子には、もとの学園には通いにくいもう一つの事情もあって――。

「はあ……はふっ……」

毬子は顔を上げ、長い息を吐いた。

「疲れたならむりに続けることないよ。あとは僕が、おまんこをかわいがってあげる」

「でも……あの、もうちょっとだけ。ちゃんとお口で気持ちよくさせてください」

毬子は目を細め、ペニスに頬ずりをする。

「お医者様が言ってました。あんまり、セックスは長時間にならないほうがいいって。出産に備えて子宮口や膣が柔らかくなってるから、刺激しすぎないようにって……」

それこそが、毬子の転校の理由だった。

今、毬子の子宮には新しい生命が宿っている。

卓の子供だ。もっとも、毬子も両親もそのことを知らない。ひょっとしたら、あの自殺

したレイプ魔の子供かもしれない。彼らはそんなふうに思っているのだ。

『かまいません。僕が愛した毬子の子供です。誰の遺伝子かなんて関係ない。二人の子供として、毬子といっしょに立派に育ててみせます！』

だからそう宣言したとき、笹岡家の両親の感激のしようといったらなかった。

卓が決定的に義両親の信頼を勝ち得たのはそのときだ。

毬子との婚約はすぐに決まった。世間体があるから、学園を卒業するまでは婚約は伏せておきたい。だがお腹が目立ち始める前に結婚写真だけでも……という義両親のたっての希望で、内々で小さな式を挙げることになった。毬子はしばらく休学し、出産が済んだあとで、新しい学園に編入することになっている。

その式場の控え室で、毬子と卓は二人きりの時間を楽しんでいた。

緊張している花嫁を落ち着かせたい——という理由で二人きりにしてもらったのだが、まさか二人きりの控え室でこんな淫事に耽っているとは、だれも想像はしていまい。

ちゅぽ、ちゅぽ、ちゅぽ、ぴちゅっ……。

毬子は懸命に、献身的にペニスを慈しんでいた。

たっぷりの唾液を口内に溜め、丸く開いた唇でペニスを包み、小刻みに頭を前後させる。

「母性的」とでもいうのだろうか、妊娠してからの毬子は物腰がどこか優しく、柔らかくなった気がする。フェラチオのやり方にしても同様で、ゆっくり、ゆったりとペニスをかわいがるようなやり方が上手になった。激しい快感で射精へと追い込むのではなく、いつまでも浸かっていたくなるぬるま湯のような心地良さでペニスを包み込むのだ。

「すごくいいよ、毬子。もうがまんできない。おまんこを出して？」

本当なら、一日中だってこの舌技を味わっていたい。

だけど今はむりだ。もうすぐ式が始まるし、ズボンの前を高く盛り上げたまま誓いの言葉なんて言えやしない。

だから椅子に深く腰掛け、毬子を促す。

花嫁は軽くはにかみ、早すぎる初夜に応じた。

毬子がドレスをたくし上げる。卓の太腿を跨ぎ、対面座位の格好で跨がってくる。さっきまで舐めしゃぶっていた、唾液まみれの亀頭を自身の入り口に押しあてる。

「ふ、うぅ、あうっ……ん、うう、うぁ……あ、あぁぁっ……」

そして、腰を落としてゆく。

体内をこじ開けられる感触に、毬子は呻いた。

卓もまた、みっともない声を漏らしてしまいそうになる。

今までずっと、素っ裸こそが、女に一番似合う服装だと思っていた。

だけど、このウェディングドレスってやつは格別だ。

このドレスは「今日から私はあなたの所有物になります」という意志表示だ。シルクオー

ガンジーの包装紙に包まれ、毬子は今日、卓のものになる。今まで毬子の様々なコスプレを目にしてきたけれど、今日より心躍る衣装はない。

「すごく気持ちいいよ、毬子。身体は大丈夫？」

「はい、平気……もっと……たくさん、気持ちよくなってほしいです」

そのおねだりに応え、毬子を下から突き上げてゆく。

毬子は困った少女だった。オタサーの姫として漫研部員たちにちやほやされ、巨乳レイヤーとして親父どもにもて囃され……元女子部員たちの言いぐさではないが、やはり調子に乗っていたのだろう。

だからそんな彼女を騙してハメ撮りし、マゾ女として躾けてやった。

ペニスに犯される快感を教え、ペニスに奉仕する悦びを教えた。愛する毬子を責め嬲るのは辛かったけど、彼女はよく応えてくれた。その結果が今日だ。あらゆる試練を乗り越え、ついに二人が真に結ばれる日がやってきたのだ。

「逃がさねぇぞ、毬子。お前は俺の女だ。ガキが生まれたら、すぐまた孕ませてやる。お前は一生、俺におまんこを捧げ続けるんだ……！」

その熱っぽい睦言に、毬子はうっとりと頬を弛めた。

蝦沼ミナミ

Minami Ebinuma

こういう小説は書くのがとてもむずかしいのです。

なぜって主人公の思考が特殊すぎて、
「いや待て大島卓、お前、一体なにを考えてるんだ!?」
ってなって、ちょくちょく筆が止まってしまうから。

だけど不思議なもので、書き進めるうちに
キャラクターが自分と同化して、彼の考えていることが
自然と理解できるようになってくるのです。
大島卓のような主人公は、書くのがとても楽しいです。
最初のうちこそ苦労しましたが、後半からは、

「大丈夫だよ僕の毬子キミは弱くて愚かな女だけどちゃんと愛してあげるキミを守るためなら僕は悪者になることだって恐れないキミを徹底的に犯して傷めつけて素直な笹岡さんに戻してあげるキミを傷つけるのは辛いけど絶対に逃げないだから僕のものになるんだ毬子おぉ！」

ってな感じでノリノリで作業していました。
ってなわけで僕自身はすっかり楽しんで
書かせていただいたわけですが、
この本を手にとってくださった皆様にも、
本作をお楽しみいただけると嬉しいですね。

それでは皆様、また次の本でお会いしましょう。

オトナ文庫

調《ちょう》子《し》に乗《の》ってるレイヤーでオタサーの姫《ひめ》を教師《きょうし》の俺《おれ》が騙《だま》してハメ撮《ど》りしてみた。

2018年 5月30日　初版第1刷 発行

■著　　者　　蝦沼ミナミ
■イラスト　　てるていじ
■原　　作　　ぱちぱちそふと黒

発行人：久保田裕
発行元：株式会社パラダイム
〒166-0011
東京都杉並区梅里2-40-19
ワールドビル202
TEL 03-5306-6921

印 刷 所：中央精版印刷株式会社

OB-117

既刊案内
今日、私は先生に抱かれます。
友人の身代わりとなり優等生・映舞は淫行の泥沼へと沈んでゆく…。
身代り淫行生活
親友を守るため、外道教師のいいなりになる優等生「映舞」
オトナ文庫 70
著 田中珠
画 佐藤サブロー
原作 ぱちぱちそふと黒
定価：750円（税別）